JN193107

官邸ポリス

総理を支配する闇の集団

幕蓮
Maku Ren

講談社

盤石（ばんじゃく）に見える権力でも、それが人々の敬意を得られない場合、体制を脅かす組織が生まれる。

（フリードリッヒ・ヴィルヘルム・ニーチェ）

プロローグ——政権を強固にする特別警察

二〇一一年三月一一日、東日本大震災が発生。その翌日、東京電力福島第一原子力発電所一号機が水素爆発したとの一報が総理官邸に入った。しかしその後、内閣官房長官の戸田裕紀は、「日本国民を安心させる」という美名のもと、偽情報を平気で垂れ流し続けた。もともとパフォーマンスだけで政権を取った民生党の重鎮らしく、危機管理の意識がまったくないまま、自分のカメラへの映り方だけを気にしながら発言していた。

国民の最大関心事項になりつつあった放射能被害についても、「放射能は直ちに健康被害が生じるレベルではありません」などと官邸での記者会見で述べ、実態を隠そうとした。

しかし戸田は、その発表から五分後、会見場に隣接するトイレに駆け込んだ。妻からの電話にコールバックするためだ。

「私だ、佐和子……なんだって？　地震があったから、予定していたシンガポール旅行を中止にする？　いや、絶対にダメだ。予定通り行け……おい、どうやら日本はヤバイぞ。むしろ、すぐに日本を脱出するんだ。いますぐ敬一（けいいち）と恭二（きょうじ）を連れて羽田に向かえ。そして、シンガポール便でなくとも、手に入る直近の便のチケットを買いなさい。これは俺の命令だ！」

実は、これをトイレの個室にいた記者が録音していた。たまたまではない。トイレでは、ついつい油断して、同僚などと部外秘の会話をしてしまいがちである。だから警察官は、トイレでの会話には気を付けるよう教育される。当然、意識の高い記者は、トイレの個室に手ぶらでは入らない。いつでも録音できるようスタンバイしているのである。

一方、戸田はこのあたりの危機管理意識も低い。記者は、瀬戸弘和（せとひろかず）に録音データを聞かせて相談した。

瀬戸は現在でこそ民間人であるが、元は警察庁におり、警備・公安畑を歩んできた。大事件を解決してきたというより、人知れず国家を守ってきた人物である。仕事には厳しいが、基本的に温和な性格であり、その高い調整力は、政官を問わず、評価が高かった。記者は一九九五年のオウム真理教による地下鉄サリン事件に際し、当時は警察庁警備局長だった瀬戸を取材し、知遇を得ていたのだ。

瀬戸は、声の主が戸田官房長官だと、すぐに気付いた。記者もその確信があったからこそ、警察官僚から内閣情報官や内閣危機管理監も経験した日本インテリジェンス界のトップ、瀬戸に相談したのだ。

このとき瀬戸は、「日本のためだ」と記者に懇願して、記事にすることを止めさせた。が、この「国賊」の録音データの声は瀬戸の耳に残った。

瀬戸は、危うく個室を飛び出しそうになった記者の気持ちがよく分かる。志の低い大臣や政治家たちの発言を聞くたびに、苦い思いが蘇ってくる。

瀬戸は、阪神・淡路大震災が発災した一九九五年を思い出していた。自分が警察庁警備局長のときのことだ。自社さ連立政権のもと、社会党の党首が総理だったので、政権を支える官邸スタッフ、内閣官房、各省庁の官僚らのあいだには、しらけムードが蔓延(まんえん)していた。当然、忠誠心も低かった。こういうときに限って、どういうわけか大災害や大事件が起きるものである。

阪神・淡路大震災の発災自体は、いってみれば自然現象ではあるが、「なにぶん初めてのことですので」などと危機感のない答弁をしてしまう総理のもと、対応の遅れが指摘され、内閣支持率が急落した。そんななか、オウム教団による地下鉄サリン事件も防ぐことができず、国民全体が日本の終末を予感した。

その後、警察庁警備局長の瀬戸が先導して、危機管理のために災害対策基本法を改正し、法的整備を進めた。同じ年のハイジャック事件でも、瀬戸は警察特殊部隊の突入を指示し、成功裏に事態を収拾した。お飾りとしての総理は、それなりに機能する面もあった。

しかし、社会党の参院選での大敗北もあり、お飾り総理は、一九九六年に入って早々、一九九六年度の予算成立前に、突如として政権を投げ出してしまった。そんな無責任な政権では、到底、強い日本は作れない。

さらに、阪神・淡路大震災より七年前の一九八八年も、瀬戸にとって忘れられない年であった。本部長として勤務していた鳥取県警から警察庁に戻り、外事課長として勤務していた時代だ。彼自身が直接には関わってはいないが、同年は、東京・埼玉連続幼女誘拐殺人事件や女子高生コンクリート詰め殺人事件など、国民を不安に陥れる事件が発生したほか、何より、戦後最大の贈収賄事件であるR事件が起きたのだ。

その事件は、求人広告や人材紹介を主要事業とするR社の関連会社で、未上場の不動産会社、RC社の未公開株が賄賂（わいろ）として譲渡されたもので、贈賄（ぞうわい）側のR社関係者と、収賄（しゅうわい）側の政治家や官僚たちが逮捕された。政官界やマスコミを揺るがす、大スキャンダルとなったのであった。

それらの事件の経緯を見ながら瀬戸は、警察として、もう少し何とかできなかったのかと、自問する毎日を過ごした。かつてフランスで一等書記官として日本国大使館に勤務したことがあるが、そのフランスの国家警察ならどう動いたであろうか……。

国民を不安にさせる事件を解決することはもちろん、可能な限り未然に防止するのが警察の職務であることは間違いない。さらに、政権を見張りつつ裏で支えるのも、実は警察の仕事ではないかと思い始めた。

国民が真に安心して生活できるようにするためには、信頼される政権が必要だ。そのためには、政権の土台を強化する存在が必要だと痛感した。

「我々の手で、私利私欲に走る政治家や官僚を排除していかなければならない」――瀬戸は、R事件に連座したという嫌疑をかけられた友人が自殺したこともあり、その思いが人一倍強くなった。

東日本大震災に対応する政治家たちは、当時より酷い奴らだ……瀬戸は暗澹たる気持ちになりながら、自分を奮い立たせるしかなかった。

「この政権に日本は任せられない。いや、誰が政権を担っても、そう大きく変わらない。いまの日本には、気骨のある政治家などいやしない。日本にとって必要なのは、真に我が国のことを考えている官僚、それも内務官僚たる我々なのだ……」

少しはましな民自党が政権を奪取したら、現役に復帰して、また日本国のために働きたい……政権を強固にする特別警察の構想を、このとき胸に抱いたのだ。

その頃、東京大学法学部四年生の澤村有（さわむらゆう）は、警察庁へのキャリアとしての奉職が内定しており、四月頭の警察大学校への入校を控え、胸をときめかせながら準備を進めていた。

澤村は、もともと警察庁を志望していたので、国家公務員採用Ⅰ種試験を受験した。実際に第一次試験に合格したあとは、周囲の勧めもあって、いくつかの省庁も訪問した。結果、一生を懸けられるのは、やはり警察庁しかないと、改めて思った。

もっとも、澤村が面接のため毎日のように霞が関の中央合同庁舎第二号館に通うなか、静岡にいる祖父母から連絡を受けた。警察官が来た、というのだ。おそらく家族調査であろう。両親のいない自分の採用は難しいのかな、と少し不安に思ったのだが、初志貫徹して良かった。

澤村も、戸田官房長官の会見を見て、ため息をついていた。

「いくら記者会見を聞いても不安が解消されないのは、なぜなのだろう。言葉が軽いからか。これまで政治になど興味はなかったが、少なくとも、この政権のままでは、日本はダメになる。そもそも現在の日本に、我が国を率いていけるだけの政治家が、どれほどいるというのか……」

そして、最近、読み直し始めた「警察手眼（けいさつしゅがん）」の現代語訳に目を落とした。「日本警察の父」と呼ばれる川路利良（川路大警視）は、明治初期、欧州各国の警察制度を視察し、フランスを参考にして日本の警察制度を確立した。その川路が警察の在り方を示した語録を編纂したものが「警察手眼」である。

川路は、地元の鹿児島では、「西郷隆盛を暗殺しようとした男」として長らく裏切り者のレッテルを貼られていた。が、我が国の警察の礎を作ったことに間違いはない。

彼の語録を読むと、気持ちが引き締まる。彼の言葉では、「聲なきに聞き　形無きにみる」が有名だが、その言わんとするところは、「警察官たるものは、表面的、外形的な現象のみにとらわれることなく、奥に隠されたモノを見逃すことなく、真実をあばき出すことが必要である」ということだ。現在も警察官の活動の指針となっている。

ちなみに川路は、岩倉具視の暗殺未遂事件や佐賀の乱などの際に、密偵を用いて不平士族の動向を探るなどの役目も果たしたと言われる。

川路は、「政府が父母なら、人民は子供で、警察はその守役」とも言っているが、政府が頼りない以上、「守役」たる警察が頑張らなければならない。

澤村は、自分が生まれる直前に亡くなった父親の死が、当時の腐った政治に巻き込まれた結果だったと聞いている。さらに、高校時代に母親を交通事故で失ったときも、加害者が有力政治家の子息だったため、責任はうやむやにされてしまった。そのときから一貫して、警察官僚を目指してきた。お題目などではなく、この世に、真の正義を実現するためだ――。

警察庁入庁直前に発生した大震災、その対応で明らかになった政権の危機管理意識の乏しさ、そして政権遂行能力の欠如は、国民を暗澹たる気持ちにさせた。が、澤村にとっては皮肉にも、警察庁における、いや日本国における、自分の役割を再確認する格好の機会となった。

三月三一日に同期と共に寮に入り、翌日の入校式に備えて、立ち方や敬礼を習った。そして澤村は、警察官僚としての人生をスタートさせた。

目次◉官邸ポリス　総理を支配する闇の集団

主要登場人物

瀬戸弘和：内閣官房副長官（元内閣情報調査室長→元内閣情報官→元内閣危機管理監）
工藤茂雄：内閣情報官（元警察庁外事情報部長）
矢崎雄志：警察庁生活安全局長（前警視庁副総監）
野村覚：警察庁総括審議官（元警視庁刑事部長、警察庁組織犯罪対策部長）
山野広太郎：警察庁会計課長（元警視庁広報課長）
澤村有：内閣情報調査室参事官補佐（元警察大学校准教授、大阪府警外事課長）
戸田裕紀：内閣官房長官（東日本大震災時）
多部敬三：内閣総理大臣
今野雅也：総理大臣秘書官（政務）
須田英臣：内閣官房長官
奥田麗：中央新聞政治部記者
陣内優：ＮＣリサーチ社長

官邸ポリス

総理を支配する闇の集団

第1章　官邸ポリスのアジト

(1)

「内閣官房副長官は、内閣官房長官の職務を助け、命を受けて内閣官房の事務をつかさどり、及びあらかじめ内閣官房長官の定めるところにより内閣官房長官不在の場合その職務を代行する」(内閣法第一四条第三項)——瀬戸弘和が拝命する内閣官房副長官の位置づけを定めた法律の条文である。

また、中央官庁の幹部人事を決める内閣人事局長も、内閣官房副長官のなかから指名された者が果たす。これも内閣法第二一条に定められている。

内閣官房副長官には、政治家が任ぜられる政務担当の副長官が二人おり、そのほか官僚のOBが任ぜられる事務担当の副長官が一人。戦前の内閣書記官長と同様の任務を果たす。そして中央省庁再編以前は、慣例として、戦前の内務省系の官庁のうち、警察庁、自治省、厚生省の出身者で、次官級のポストを経験した者が任命された。これは中央省庁の再編後も、ほぼ踏襲(とうしゅう)されてきた。事務次官等会議、現在の次官連絡会議を運営するなど、各省間の調整が主な職務だ。

このように、内閣官房副長官は、表面的にも実質的にも官僚機構のトップである。複数の内閣を支え、長期間在任することもある。が、それ以外の使命を自ら背負った男がいる。それが瀬戸弘和である――。


「文科省局長を受託収賄容疑で逮捕。見返りは子供の合格。東京医科大に便宜」――二〇一八年七月四日の夜、内閣官房副長官・瀬戸弘和は、総理官邸の五階にある執務室でテレビのテロップを見ていた。どこのテレビ局も夕方のニュースで報道している。

「息子の医大合格の見返りに、国の事業で有利な取り計らいをしたとして、文部科学省科学技術・学術政策局長の佐野太容疑者らが四日、受託収賄容疑で逮捕されました」

アナウンサーの読み上げるニュースを聞きながら、「あの情報がこんな形で実を結ぶとは」と、瀬戸は心のなかでつぶやいた。

（しかし、こいつは一体、何のために国家公務員になったというのだ……私利私欲に走りたいなら、役人になってはいけない。文科省がこれでは、君が代を斉唱しない碌でもない教師が増えるだけだ）

瀬戸は、自分の整理整頓されたデスクに、両の拳を叩きつけた。瞑目して、ため息をつく。そして、デスクの横のロッカーに張ってある色紙に視線を送った。

色紙には、以下のように書かれている。

「私は、日本国憲法及び法律を忠実に擁護し、命令を遵守し、警察職務に優先してその規律に従うべきことを要求する団体又は組織に加入せず、何ものにもとらわれず、何ものをも恐れず、何ものをも憎まず、良心のみに従い、不偏不党且つ公平中正に警察職務の遂行に当ることを固く誓います」

警察官が奉職する際に行う「服務の宣誓」である。他省の役人たちも宣誓はするが、「良心のみに従い」の部分が欠けている。やはり、旧内務官僚の生き残りである我々しか日本を導ける者はいない、瀬戸は改めてそう思った。

瀬戸は、革張りの椅子からおもむろに立ちあがった。背後の壁に張ってある日の丸と、日本の警察の紋章である旭日章の旗に敬礼をするためだ。

「俺たちは政治家どもの下僕ではない。この旗が示す日本という国の公僕なのだ。そして、公僕のなかでも最も意識が高い我々こそが、この日本を導いていく」――改めて意を強くした。

執務室を出る。いつも通り、廊下の真ん中を早足で進み、エレベータに乗る。一階まで降りた。一階には、普段、総理官邸に出入りする人間をチェックするために記者がたむろしているが、今日は文科省局長の事件への応援のためか、いつもよりその数は少ない。記者も、見慣れた瀬戸には興味がないようだ。何人かがちらりと見ただけであった。

瀬戸も、普段通り、玄関の自動ドアを出た。今年は六月末に梅雨明けしており、連日、晴天の暑い日が続いていた。もう夕方とはいえ、冷房で冷えた体を熱風が包んだ。瀬戸は、急に噴出してきた汗を拭こうとハンカチを取り出そうとして、その手を止めた。この猛暑のなか、微動だにせずに立哨する警察官が目に入ったからだ。

瀬戸は官邸の前で警備している官邸警備隊の隊員を一瞥（いちべつ）する。すると、その隊員は硬い表情で敬礼をしてきた。そう、隊員は、公僕のなかの公僕として職務に勤（いそ）しんでいたのだ。

もともと総理官邸の警備は、その地域を管轄する麴町（こうじまち）警察署が担当していた。が、新官邸の完成に伴い、施設の警備は、二〇〇二年から警視庁警護課直轄の官邸警備隊が担当している。

ちなみに、内閣総理大臣ほか大臣などの要人の身辺警護は、同課に属するＳＰが担っており、官邸の施設周辺には、第一機動隊の小隊一六名がバスに待機するなど、有事に備えている。瀬戸は満足げな表情で、軽く手を上げて、その敬礼に応えた。

目の前には、立派な衆議院第一議員会館が建っていた。いつもなら、瀬戸は左に曲がり、ザ・キャピトルホテル東急に向かって下りていく。この坂は原則として車両の通行を制限しているので、歩くのには最適だ。その道を歩きながら、官邸を囲む竹林を見るのが好きだった。

しかし、その日は、右手に曲がって総理官邸前交差点に向かった。その目の先には、国会記者会館がある。よりによって、何かと総理の揚げ足を取ろうとする記者たちの館が目の前にある。複雑な思いを抱きながら交差点を渡り、右手に進んだ。

一時間ほど前だったら大量の人間が吐き出されていたであろう内閣府の通用門の前に来た。隣にできた一五階建ての新館（中央合同庁舎第八号館）で勤務する職員も、国会議事堂前駅を利用する者は、この門を利用しているからだ。

その立派な新館を見上げてから、手前にある六階建ての古い建物に目を移した。一九六二年に建てられた年季の入った内閣府本府庁舎だ。その六階にあるのが、瀬戸が心血を注いで作り上げようとしている組織だ。

――政権を見張りながら隠密裏に背後で支える、国家最強の組織「官邸ポリス」。その準備組織たる通称「エイワン」が置かれている。

「エイワン」とは、「永田町一丁目」の「永」と「一」から取った。当初は、公安警察の裏部隊を示す「チヨダ」等と同様、「ナガタ」と呼ばれていたが、最近は、「エイワン」の呼称で落ち着いた。表向きは、内閣情報調査室（内調）総務班のなかの一組織である「資料室」、入り口では生体認証を要求される。部屋の窓には分厚い遮光カーテンが引かれていた。内閣府本府庁舎は、エレベータや階段を取り囲むかたちで部屋が配置されており、そのすべての部屋に窓があるため、廊下から離れた場所で機密事項を検討しようとすると、必然的に窓際となる。そのため分厚いカーテンが必要となるのだ。表向きは、資料が日の光で焼けるのを防ぐため、なのだが。

瀬戸副長官の脳裏には、そこに集積されたデータや資料、そして、昼夜を問わず作戦会議を行い、我が国を真に強い国にするために戦っている仲間たちの姿が、鮮明に浮かび上がってくる。

「……頼むぞ、みんな。官邸ポリスの完成まで、あと少しだ」

メンバーはだいぶ揃ってきた。もちろん、官邸ポリスという確固たる組織があるわけではない。あるポストにいる人間をいわゆる「充て職」でメンバーにするというよりは、瀬戸が属人的に選抜し、適切なポストに配置されるように差配している、と言ったほうが正確だ。

発足当初は数人の幹部でスタートしたエイワンも、いまは警察庁には警備局を中心に数人、全国警察の管区ごとに二〜三人、各国の主要大使館の書記官数名、そして、内閣官房や内調に出向している数名が指定されている。彼らの部下や業務を手伝っている者は、みな無意識のうちに準メンバーとして取り込まれていることになる。

不眠不休で情報を収集・分析している部下や同志たち……永田町や霞が関だけでなく、マスコミ各社にも網を張っている。海外では、ワシントン、北京、モスクワにもベースを築きつつある。彼らの真剣な顔が目に浮かぶ。最近は、電話やメールから諜報するシステムも整ってきた。

しばし感慨に耽っていると、右手の車道にタクシーが停まった。助手席の後ろに座っていた眉目秀麗な青年が頭を下げると、運転手が後部座席のドアを開く。青年が運転席の後ろに移動したので、瀬戸はタクシーに乗り込み、すぐにシートベルトに手を掛けた。

警察官は、助手席でなくても、必ずシートベルトを着用するよう指導されている。後部座席のシートベルト着用が義務化されてから、「国民にシートベルトの着用を指導するなら、まずは自らが」となった。当然である。罰則のない一般道でもシートベルトの着用を一層厳しく指導しており、実践してきた。少なくとも公務では、「これみよがしに」というくらいにシートベルトを締める。

瀬戸はシートベルトを締めながら、官邸ポリス立ち上げ時にはいなかった青年に声を掛けた。

「お疲れさん」

その青年は、少し恐縮しながら答えた。

「いえ、お疲れ様です。少し遅れましたか？」

瀬戸は、もともと細い目をより細めて優しい表情を見せる。

「いや、ちょうど良かったよ」

青年はホッとした表情で答える。

「安心いたしました」

青年の名前は澤村有。若く見えるが、既に三〇歳だ。厚労省の統計では壮年に当たり、現在は内閣情報調査室の参事官補佐をしている。

瀬戸はハンカチで、すっかり髪の薄くなった頭の汗をぬぐった。そのときタクシーの運転手が、「車内の温度はいかがですか？」と、やや恐縮しながら聞いてきたので、瀬戸は「いや、大丈夫」と答える。運転手は、澤村の様子から瀬戸がＶＩＰであることを知った。緊張した面持ちで、運転手は近くの内閣府下交差点を右折し、溜池（ためいけ）方面に向かって道を下りていった。

（２）

瀬戸には、専用の官用車がある。ただ今日は、内閣官房副長官としてではなく、まだ公式の存在ではない「官邸ポリス」トップとしての会合だ。生真面目な瀬戸は、公私混同などしない。

　自分の子供を保育園に送るために公用車を使った女性政治家がいた。唾棄すべきだ。育児休業と称して政治家休業宣言を行い、地元で不倫していたのが、このオンナの夫だ。落選後に二人そろってテレビに出演しているのを見るたび、瀬戸は官邸ポリスの重要性を再認識する。

　交差点を右折する時点で、澤村は、念のため後ろを振り返って、尾行者がいないかを確認した。瀬戸から指導されて身に付けた習慣である。一台も後を追ってくる車両がないことを確認すると、瀬戸に目配せして伝えた。瀬戸も、軽く頷く。タクシーは溜池交差点を右折し、外堀通りを真っ直ぐに山王下交差点に向かった。

　既に澤村が行き先を伝えてあったので、タクシーは交差点で左折して赤坂通りに入ったが、ここで運転手が申し訳なさそうに言う。

「やはり、混んでいますね。ここは、いつも混むんですよ」

　澤村が瀬戸を見て、「すみません。裏から行ったほうが良かったですね」と言うやいなや、瀬戸は「ここで降りよう」と目で合図する。それを確認して、澤村は運転手に声を掛けた。

「じゃあ、ここで降ります。近くてすみません」

二人はタクシーを降り、右前方にＴＢＳのビルを見ながら、赤坂通りを乃木坂方面に歩いていった。瀬戸が澤村に声を掛ける。

「赤坂には、プライベートでもよく来るのかい？」

「そうですね、ときどき」

「例の彼女と一緒に？」

澤村は、「れい」という響きについ反応し、少々照れながら答える。

「はい、行きつけの店もありますので」

警察庁においては、警視庁等の現場と違い、異性の交際者を届け出る義務はない。しかし澤村は、一部の上司に、彼女の存在について報告していた。職業や赤坂に住んでいることを除いて。

　ちなみに警視庁の現場では、反社会的勢力が近親者などを近付けることから若い警察官を守るため、異性の交際者についての情報を詳細に報告させるのが普通である。警察官同士の交際が発覚して、それだけで叱られることはまずない。が、異性の交際者について報告していないにもかかわらず、いきなり「結婚することになりました」と上司に報告して怒られた、などという話はよく聞く。

また警察では、異動時、新たに上司になった者が部下になった警察官の家庭訪問をしたり、交際者に不審を持てば極秘に調べたりもする。すべて、警察官を守るためのシステムだ。

「今度、紹介しろよ」と、瀬戸は澤村の表情を窺いながら言う。

鰻の名店「赤坂宮川本店」の少し先で、二人は立ち止まった。

澤村が、「副長官、私は念のため、この辺で検索してから、少し遅れてお店に伺います」と言うと、瀬戸は満足げな表情を浮かべる。澤村も、すっかり頼もしくなった。

瀬戸は左折して、細い道を入っていく。そして、ある白いマンションのエントランスに立った。三〇一号室のインターフォンのボタンを押す。

「お待ちしておりました」と、女性の声が聞こえた。四人も乗れば満員になりそうなエレベータですぐに三階に上がる。廊下をまっすぐ一番奥まで歩き、「さくら」というシンプルな木の表札が掛かったドアの前に立った。

ここは、会員による完全予約制の小料理屋である。一日一～二組しか予約をとらないので、政財界の秘密会合に用いられることも多い。新党の立ち上げや業界再編につながるM&Aに際しても、この店が密談の場となった。

瀬戸は、内務・警察官僚から官房長官まで勤めたあげた先輩に、この店を紹介してもらった。インターフォンの声の主である女将・矢部茜は、昨年、先代で祖父の矢部良蔵から店を引き継いでいた。瀬戸は、ドアの横にある指紋認証装置に右手の人差し指を当て、「カチャ」という自動解除音を確認すると、ドアを開けてなかに入った。

待っていた女将の矢部が、にこやかに瀬戸を迎える。

「いらっしゃいませ。皆さん、もうお揃いですよ」

「いつも悪いね」と瀬戸が応じると、矢部が秘密めいた表情のまま告げる。

「いつも、良いお客様をご紹介いただき、感謝しております。今日は、夜の予約が入っておりませんでしたので、昼の残り物で適当につまみを用意しておきました。ワインでも飲みながらやってください。その代わり、セルフサービスで」

矢部は、その場から去った。

そのころ澤村は、赤坂通り沿いの歩道で電話をするフリをしながら、瀬戸が下りていった道に入っていく人間がいないかどうか、チェックしていた。瀬戸の姿が見えなくなると、後を追うように歩き、いったんマンションを通り過ぎた。そして、周辺に不審者がいないことを確認し、マンションに戻っていった。

そのときスマホが鳴る。ＬＩＮＥのメッセージだ。

スマホの液晶画面には、愛しの彼女の名前が表示されていた。一応、内容を確認する。

「有、もしかして、赤坂にいる？」

いま返信すると、やり取りが続きそうだったので、無視しようと思った。が、既読スルーをしたら後が怖い。とりあえず、「いまから会食なので、後で連絡する」とだけ打ち返して、アプリを閉じた。澤村も三〇一号室に入る。

そのとき瀬戸は、両壁に版画が飾ってある廊下を抜け、奥に入っていくところだった。左手には厨房(ちゅうぼう)が覗(のぞ)けるカウンターがあるが、今晩は人数が少ないので、右手の六人用テーブルだけで充分だ。

官邸ポリスの主要メンバーである四人は、女将が瀬戸を迎える声を聴いたときから、直立不動で待っていた。瀬戸は、厚い檜(ひのき)の一枚板でできた重厚なテーブルを挟み、四人に声を掛ける。

「みんな、お疲れさん、急に悪いね。夏休み前に、顔を見ておきたいと思ってね」

瀬戸副長官が四人の顔を見回す。全員が揃うのは三年ぶりだ。この光景はデジャブのようで懐かしい。官邸ポリスの立ち上げも、同じメンバーでやった。それぞれが守備位置で実績を上げ、いま最終段階に来た。そう判断し、メンバーに招集をかけたのだ。

内閣情報官の工藤茂雄(くどうしげお)は、グレーの鬢(びん)を撫でつけながら挨拶する。

この工藤は、反政府団体の人間からは「官邸のアイヒマン」と呼ばれ、特高警察の生き残りのように恐れられている。だが、それは同時に、彼が同期のなかでも群を抜いて優秀であることを示す。基本的には外事系の枢要なポストを歴任してきた。在フランス日本国大使館でも書記官を務めた。そうして経歴が似ている瀬戸からの厚い信任を受け、国内外の情報を集める際の司令塔になっている。

　国賊に対しては厳しいが、彼が冷徹な人間だというわけではない。実際、警察庁関係者の身内に対しては優しい表情を作る。廊下ですれ違った部下や後輩が暗い顔をしていると、必ず肩に手を置いて、「最近、どうだ?」と声を掛ける、そんな優しさも持ち合わせている。

　瀬戸が日本国政府を守る裏の司令塔だとすれば、工藤は、そのための情報の収集と工作を仕切るナンバー2（ツー）だ。つまり、瀬戸が官邸ポリス長官だとしたら、工藤は次長である。

　瀬戸がいちばん奥の席に座るのを待ち、メンバーの四人は、テーブルにマッチした重厚な漆黒（しっこく）の檜製の椅子に着席する。目の前のテーブルには、女将が用意してくれた小鉢（こばち）や大皿料理、そしてグラスが置かれていた。

　しばらくすると澤村が合流し、いちばん手前の瀬戸の対面に座った。瀬戸が澤村にワインを注ぐように合図する。テーブルの上には、瀬戸のために矢部が厳選した白ワインが置かれていた。といっても、銘柄は「ルイ・ジャド」。ディスカウントストアで買えば二〇〇〇円もしないワインだ。

瀬戸が贅沢を極端に嫌うため、矢部はいつも苦労している。そしてもちろん、この日の経費は、瀬戸のポケットマネーから出ている。清貧の人、日本経済団体連合会の会長を務めた土光敏夫を彷彿とさせる人格なのだ。

澤村が慣れた手付きでワインを注ぎ、「お待たせいたしました」と言う。これを合図に全員が立ち上がった。瀬戸のシンプルな「乾杯」の発声でワイングラスを重ねる。瀬戸は白ワインを一口含み、ゆっくり喉で味わうと、グラスを置いた。表情が引き締まっている。

「さて、また文科省がやってくれたな」

警察庁生活安全局長の矢崎雄志が、「まさかこういう形で仕上がるとは思いませんでした」と応える。昨年まで警視庁副総監だった矢崎は続けた。

「工藤情報官から裏口入学の情報について連絡をいただき、すぐに捜査二課長に命じました。そうして捜査員を東京医科大学理事長に張り付かせたところ、まさかの文科省官房長ですからね……」

警察庁総括審議官の野村覚が驚いた表情で聞く。

「えっ、狙いは違ったんですか？」

矢崎局長の代わりに工藤情報官が答える。

「以前から東京医科大学には裏口入学リストがあるという噂があり、政治家の名前が何人か取り沙汰されていたんだよ」

この種の情報は、万が一にも漏れないよう、いや万が一漏れた際に仲間を疑ったりしないで済むよう、情報の共有者を最小限にするのが鉄則だ。工藤が仕切る内閣情報調査室でつかんだ裏口入学リストのネタは、官邸ポリスのメンバーである前副総監の矢崎にも伝えられ、刑事部長を通さずに直接、捜査二課長に指示されていたのだ。

野村総括審議官は、自分が捜査指揮した元衆議院事務局課長による贈収賄事件を思い出しながら、怪訝そうに聞く。

「でも、今回の受託収賄は、結局、東京地検がやったんですよね？」

「まあ、たまには特捜部に花を持たせるというか、貸しを作っとかないとな」

と、瀬戸副長官が笑う。が、急に瀬戸の表情が厳しくなった。

「文科省が、ここまで腐っているとは思わなかった。内閣人事局長たる俺に逆らって天下りを仕切っていた前田事務次官にしても、今回の佐野にしても、本当にふざけている」

瀬戸が続ける。

「将来の日本を背負って立つ子供たちを教える教員すら正しく導かず、私利私欲に走るなんて、言語道断だ。まあ、これを契機に頑張ってくれたら、それはそれでいいのだが……」

工藤情報官が瀬戸に続いた。

「結果的には、なかなかいい駒になってくれたじゃないですか。彼らのお陰で、世間は官僚に対してより厳しい視線を向けるようになり、『官邸、頼むぞ』となる。すると、官邸を裏で動かす我々には都合がいいじゃないですか」

「まあ、そういう見方もできるな」と、瀬戸が苦笑いし、小鉢のじゅんさいを口にした。

「おっ、さすがにいい味出してるな」——瀬戸の表情が少し緩む。

グラスの白ワインを飲み干すと、瀬戸は澤村を見た。二本目のワインを開けようとしている。さすがに気の利く奴だ。

「さて」と、瀬戸が左右四人の顔を見回す。そして、野村総括審議官に聞いた。

「最近の財務省はどうだ?」

野村は、「さすがに財務省も静かにしてるよな?」と、警察庁会計課長の山野広太郎に振った。

山野は五一歳。官邸ポリス幹部のなかでは最年少だが、澤村から見れば二〇歳以上も上。自分と同じ警察大学校の准教授をしていた大先輩である。行動力には欠けるが、逆に目立つタイプではなく、上に従順なため、幹部の覚えは良かった。

山野は、ため息をつきながら話す。

「そうですね、上のほうはピリピリしている感じで、少しは行儀よくなっていますかね。でも、現場の意識が変わるには、まだ時間が掛かるかもしれません。例年通り、来月末に概算要求を提出する予定で庁内を調整中ですが、また主査ごときが嫌味(いやみ)を言ってきましたよ」

「主査」とは、省庁の予算決定権を持つ財務省主計局に一一名いる主計官の下の職階。細かい査定をする課長補佐クラスだ。しかし、その絶大な権限から、担当省庁の課長級に対しても、平気で上から目線のダメ出しをする。

　山野は、そのシーンを思い出しながら続けた。

「まさか、警察庁は、また車屋さんをやりたいとか、ホームセンターを開きたいとか言ってこないですよね、と先制攻撃を仕掛けてきましたよ」

　ワインで口を湿しながら山野が続ける。

「つまり、東京オリンピックにおけるテロ対策に係る車両や装備資機材の要求について、嫌味を言っているのです。機先を制するために。相変わらず、連中は、自分たちが金を付けてやっている、という感覚なんです」

　瀬戸は、うんざりしているように見える。

「そこは、変わらんな。上のほうにはだいぶお灸(きゅう)を据(す)えたが、下までは浸透してないということか。ダメ押しが必要だな？」

　そう言って不敵な笑みを浮かべた瀬戸は、フランス時代から嗜(たしな)んでいるカナッペ、そのなかでも好物のクラッカーにチーズとキャビアを載せたものを口に放り込んだ。澤村を除く四人を中心として「エイワン」を立ち上げた際に彼らに語ったことを思い出した。

「財務省が偉そうにしていられるのも、政権が安泰であり、しかも治安がいいからだ。そして、それが誰のお陰で成立しているか、思い知らせてやる必要がある。国や世論を動かすのは金じゃなく、人だ。人を動かすプロは、我々だ。人っていうのはどうやって動かすものか、教えてやらないといけない」

そう言って、一瞬、物思いに耽(ふけ)っていた瀬戸は皆の視線に気づき、話を工藤情報官に振った。

「さて、外務省はどうしている？」

すると、官邸ポリスで外事警察の担当でもある工藤が表情一つ変えずに応える。

「相変わらずですよ。北朝鮮に関する当面の危機が遠のいたとはいえ、対米問題など問題山積なのに、のんびりしたものです」

工藤は何かを思い出すかのように、左上に視線を送っている。

「外事情報部長のときに、彼らが、自分たちが外交を担っていると勘違いしているのに気づきました。警察や自衛隊の制服外交があって初めて重要な情報が取れるのに、外務省の連中は、そこを理解できていません」

制服外交とは、ミリタリーアタッシェ（防衛駐在官）やポリスアタッシェ（警察から出向している書記官や警備官）による現地のカウンターパートとの交流を指す。真に重要な情報は、同じ職種で同じメンタリティを持っているであろう者同士でないとやり取りされない。それは万国共通である。

工藤は急に怒りが込み上げてきたかのように、力を込めて言う。

「大事な情報は、外交官や社交界のパーティでは、決して得られません。同じ世界にいる者同士だからこそ、信頼し合えるし、情報を交換できる。外務省は、総理や大臣が要人と会うための、ロジ（支援業務）だけをやっていればいいと思うのですがね」

それを受ける形で、矢崎生活安全局長が口を開いた。

「確かにそうですね。外交の大事な部分も担っている自衛官ですが、そもそも国内では可哀想な状態にあります。せっかく統合幕僚会議が統合幕僚監部になって三自衛隊の指揮命令系統がしっかりした。そして自衛隊を監督する防衛庁も念願の省昇格を果たした。けれども、頭としての大臣に、碌な人間が就かないんですから」

矢崎はワインを一気に飲み干す。

「そして、いちばん問題なのは、プロ意識がないというか、勘違いしている防衛事務官たちです。恐怖政治を敷いてイエスマンを増やし、応援に行った我々の先輩を追い出しながら、私利私欲に走って逮捕された守屋（もりや）武昌（たけまさ）事務次官は論外です。しかし、相変わらず防衛事務官が、自分たちが仕切ることこそがシビリアンコントロールだ、などと曲解して発言している。鉄砲すら撃てないのに、救いようがありません」

澤村がボトルに手を掛けて矢崎のグラスに注ごうとしたが、矢崎は構わずに続ける。

「いまも思い出します……私が総理秘書官をさせていただいたときに、ある幹部自衛官が言ったことを」――皆が矢崎の顔を見た。

「彼は、声を絞り出すように言っていました。警察がうらやましい。キャリアであっても、柔道や剣道、あるいは銃の扱いを含め、それなりの訓練を受け、制服も着るし、当然、階級もある。残念ながら、防衛省はそうじゃない。ただ机に座っているだけの人に指示されても、命を懸けることなどできない。制服組は制服組でお互いに組んで、頑張りましょう、と」

参加者全員が頷いている。矢崎は意を強くした。

「防衛省・自衛隊は、外務省よりははるかにマシですが、我々は、あくまでB（防衛大学校出身の幹部自衛官）やU（一般大学から幹部候補生学校を出た幹部自衛官）と組んでいかないとダメですね」

頷きながら聞いていた工藤情報官が、ここで話を戻した。

「政治家も、外務省も、外交の重要性を、どこまで理解しているか疑問です。的確な情報を入手し、それを活用しながら有利に交渉していく、それが外交のはずです。なのに、その基本が分かっていない。これでは相手も舐(な)めて掛かってきますから、敵を利するだけです」

　ここからは工藤の昔話が始まった。

「私が外事課長、副長官が危機管理監のときでしたか……小泉純一郎(こいずみじゅんいちろう)総理の電撃訪朝も、パフォーマンスに終始していましたよね。被害者の会も怒り心頭でした。あれで真の解決は遠のきました。そのあたりから副長官も、日本の将来に危機を感じておられたのではないかと……」

　工藤もここで、ワインを飲み干した。その目には、いまは強い光が点(とも)っている。

「最近は官邸がトップダウンで外交を担い、外務省でロジを支援するという形になってきました。少しはマシにはなってはいますが、中国への親書の書き換えに見られるように、総理の政務秘書官、今野雅也(こんのまさや)の暴走は、さすがにまずいですよ。今野さんは、多部敬三(たべけいぞう)総理の第一次政権時代には私の秘書官仲間でしたが、外交に強いとは言えないので、本当に心配です」

　いつも冷静な工藤には珍しく、少し語気を強めている。すると瀬戸が、我が意を得たりとばかりに、工藤の言葉を引き取った。

「そうだ。民生党政権が自分たちの無能さ、無力さを棚に上げ、政治主導を掲げて迷走したため、民自党政権では官邸主導という現実的な形を取ってきた。しかし、霞が関に蓄積されてきたノウハウを無視したやり方とも言える。特に今野秘書官の暴走は、目も当てられない。真に日本のことを考えている我々こそが、国内の治安はもちろん、外交においても、イニシアチブをとっていかなければならない」

少し興奮してしまったことに気付いた瀬戸は、照れ隠しのように赤ワインに手を伸ばす。

「そろそろ赤ワインを開けるか。せっかく美味しそうな肉じゃがも用意されているしな」

澤村が新しいグラスを用意して、チリ産の赤ワイン「モンテス・アルファ」のコルクを抜く様子を見つめながら、瀬戸は呟く。

「……毎回、このくだりになってしまうな。エイワンを発足するきっかけになった話だから、ついつい今野の話を繰り返してしまう……ところで経産省はどうだ？　先ほどから出ている今野秘書官の出身母体たる経産省だ。まあ、彼の後に続く者もいない気もするが」

澤村にワインを注いでもらっている瀬戸の言葉を、工藤が引き取った。

「経産省は、相変わらずですよ。新しい分野の事業などで、どこの省に属すか分からない案件、どこがやっても問題なさそうな案件は、当然、自分たちがやるんだ、という姿勢に変化はありません。城山三郎の『官僚たちの夏』の高度成長時代ならいざ知らず、余計なことをしている気がします。隙あらば、他省案件にもちょっかいを出そうとしていますよ」

それを受けて瀬戸が苦々しい表情で言う。

「そうだな。経済界を熟知している自分たちが業界横断的に指導していくのだ、という気概は認めてもいいが、少なくとも我々の高尚な行動を邪魔してほしくはない。今野秘書官のように、北朝鮮問題など専門外の案件についても張り切り出してしまう悪しき習慣は、ぜひ改めて欲しいものだ」

何事にも口を挟みたがる今野秘書官を警戒する、対北朝鮮強硬論者の工藤情報官が、自分の苛立ちを紛らわすかのように茶化して言う。

「でも、その今野秘書官の勘違い行動が、このエイワンを作るきっかけの一つになったのですから、結果オーライじゃないですか。この約一年で、なかなか言うことを聞かないマスコミにも、ＩＴ企業にも、お灸を据えることができました。総理の我々に対する信頼度も高まったではないですか。このエイワンが官邸ポリスとして完成するのも、もう時間の問題かと」

瀬戸官房副長官含め、全員が頷いたあと、それまで聞き役に回っていた野村総括審議官が口を開いた。

「私も危ない橋を渡りましたから、我々の使命は、何としてでも果たさなければなりません」

総理に近いジャーナリストの逮捕状を握りつぶしたという、自分に関する忌まわしい週刊誌記事を思い出しながら、力を込めて言う。ワインによる酔いも手伝ってか、少し顔を火照らせている。また皆が頷いた。全員の思いを代弁して、瀬戸がまとめた。

「そうだ。我々は、あらゆる合法的な手段を駆使しつつ、現政権を支え、実質的に、この日本という国を導いていく。そんな唯一無二の存在になっていかなければならない」

瀬戸が赤ワインの入ったワイングラスを少し高く掲げる。

「だいたい、そんなとこかな？　せっかく女将が用意してくれたつまみを、いただこうじゃないか」

このあとは普通に飲もう、という瀬戸副長官の合図で、エイワン幹部の面々は、澤村に給仕をさせ、矢部茜が用意しておいてくれたハモの煮付け等に舌鼓を打った。そして、厳選されているとはいえリーズナブルな値段帯のワインを何本も空け、これまでのエイワンの成果を語り合った。

一方、なかなか話の輪に加われない澤村は、中座して、静かにトイレに入った。ズボンのポケットからスマホを取り出す。先輩がたに合流する前に確認していたＬＩＮＥのメッセージに返信するためだ。

「ごめん、返信が遅くなって。先輩に呼ばれて」

すると、すぐに「遅い！」と返信があった。

「まずい、どうやって返そうかな？」と思っていると、すぐに新しいメッセージが着信した。

「なんて、嘘！　忙しいところ、返信、ありがとね。じゃあ、隣にいた人、上司？　よく見えなかったけど」

赤坂のどこかで、すれ違っていたのかもしれない。澤村は自分の未熟さを呪（のろ）った。

第２章　人質事件と総理夫人

（3）

多部敬三政権の実質的なスタートの年となった二〇一三年は、国の安全保障にとっても大事な年となった。

多部総理は総理就任後初の外国訪問として、一月一六日から一八日まで、東南アジア三ヵ国（ベトナム、タイ、インドネシア）を公式訪問した。総理が最初の訪問国として選んだのは、北朝鮮との関係を有し、アジア太平洋地域の安全保障等の戦略上、重要なパートナーであるベトナムだった。

ベトナムの首都・ハノイには、ベトナム王朝の都だった世界遺産、タンロン遺跡や、赤や青の模様が特徴的な陶磁器で有名なバッチャン村があり、また近郊には世界遺産のハロン湾もある。もっとも、三日で三ヵ国を訪問するという強行日程をこなす多部総理には、それらを楽しむ時間はなかった。

多部総理は、ベトナム首相府においてグエン・タン・ズン首相と行った日越首脳会談の場では、ベトナムに対して新たに四六六億円の円借款の供与を約束した。さらに北朝鮮によるミサイル発射については明白な安保理決議違反であることなどを述べ、拉致問題について日本の立場への理解と支持を要請した。

多部総理による東南アジア歴訪のスタートは上々に見えたが、まさにその一六日、イスラム過激派による日本人を含む人質拘束事件が起きた。

その連絡は、官邸の留守を預かる須田英臣・内閣官房長官から入った。アルジェリアのイナメナス付近の天然ガス精製プラントにおいて、プラント建設大手Ｎの社員らを含む人質拘束事件が発生したという。

この種の事件が起き、少しでも被害が発生すると、いやそうでなくとも、粗を探して批判しようとするマスコミがいる。どうせ、「総理はすぐに帰国すべきだった」「対応が遅れたから事態が悪化した」と、加害者よりも政府が悪いかのような批判が出てくるだろう。大事件や自然災害が発生した際、現地に赴くのがトップの危機管理だと勘違いしているマスコミが多過ぎる。情けないが、それが我が国の現状である。

しかし、瀬戸官房副長官のアドバイスに従った須田官房長官の動きは、非常に良かった。外務省からの一報後、速やかにハノイにいる総理に連絡をとり、国内では官邸対策室を設置し、関係省庁の幹部を招集した。また、欧州歴訪中の外務大臣政務官をアルジェに向かわせ、翌一七日には現地入りさせた。

一方、多部総理も英国首相らと電話会談を行い、またアルジェリア首相に対し「人命最優先での対応」を申し入れた。残念ながら聞き入れられなかったのだが。

この総理や官房長官の的確な行動に、瀬戸副長官は、危機の真っ最中に不謹慎とは思いつつも、こう呟（つぶや）いた。

「民生党政権でなく、民自党政権になっていて本当に良かった。この事件が二〜三ヵ月前に起きていたら……民生党政権下で起きていたらと思うと、ゾッとする」

もっとも、須田官房長官の「邦人救出のために、すぐに現地に政府専用機を」という指令に対し、防衛省は未経験の地への離着陸の難度を理由に、外務省は上空を通るためのロシア政府の許可の必要性を理由に、難色を示した。そのため、かなりの時間を要してしまった。こうした問題点も露（あらわ）になった。

さて一七日には、総理の指示で、政府対策本部（総理が本部長、不在中は副総理が臨時代理として本部長）が設置された。この政府対策本部においては、事務方トップとしては前警視総監の内閣危機管理監がさすがの仕切りを見せていた。が、瀬戸はさらに先を読んで、手を打っていた。既に翌週末での退任が決まっていた片岡誠司（かたおかせいじ）・警察庁長官に対し、こう伝えていたのだ。

「アフリカには、そもそも防衛駐在官が二名しかいない。アルジェリアには、防衛駐在官もポリスアタッシェもおらず、大使館の体制も脆弱だ。情報収集能力も弱い。あまり悪いことを想像したくないが、いつ何時、不測の事態が起こらないとも限らない……」

瀬戸は「国際テロリズム緊急展開班（ＴＲＴ－２：Terrorism Response Team－Tactical Wing for Overseas)」の派遣準備を指示したのだ。

ＴＲＴ－２とは、「邦人の生命、身体及び財産並びに我が国の重大な利益を害し、又は害するおそれのあるテロに係る事案が発生した場合、国際的な捜査協力を必要とするテロが発生した場合等に、国際テロに関する捜査や鑑識、人質交渉等に関して専門性を有する警察職員等を警察庁長官の決定に基づいて派遣し、当該事案に関する情報収集、現地治安情報機関等への捜査支援等を行うもの」である。

一九九六年に発生した「在ペルー日本国大使公邸占拠事件」の教訓を踏まえ、一九九八年に設置された「国際テロ緊急展開チーム（ＴＲＴ：Terrorism Response Team)」を、より広範囲の支援活動を行う能力を持つものに改組し、二〇〇四年八月に発足させたチームである。

ちなみに、彼らの所属は警察庁警備局外事情報部国際テロリズム対策課であるが、ほとんどが各都道府県警察からの語学堪能な出向者である。警察は、基本的に都道府県単位で予算等も決められているが、警備部門、すなわち公安部門だけは国費によるものが多く、警察庁で統制が取りやすくなっている。いきおい各県警の公安警察官の顔も、県警本部長ではなく、警察庁のほうを向いていると言われるのだが。

そのTRT－2は、旅券の発行に手間取ったとはいえ、一八日午後には現地入りできた。襲撃の翌日一七日、武力制圧の前に、既に邦人は死亡していたようであり、日本国政府がどうあがこうが、犠牲を回避することはできなかった。が、今後の教訓は相当得られた事案である。


瀬戸は官邸にある自室で、内閣危機管理監や工藤情報官と話していた。

「TRT－2は、アルジェリア到着後、速やかに当局との情報交換を開始できた。しかしそれは、現地大使館ほか外務省のお陰というよりも、警察庁からの人間が何度も現地に出張したからだ。そういう地道な制服外交の賜物だ」

珍しく、瀬戸の顔が昂揚して見える。さらに、こう付け加えた。

「あと、N社の本社がある神奈川県警に徹底してほしい点が二点ある。一つ目は、被害者への報道が過熱しないよう上手に仕切ること。二つ目は、現地警察に多くは期待できないから、検視が必要なら神奈川県警が行うこと。刑法の国外犯規定を適用して捜査するべく、準備させてほしい」

まず一点目については、工藤情報官からの連絡で神奈川県警の被害者対策班が、「実名報道はさせないので、捜査に協力してほしい」と伝え、N社および関係者から協力を取り付けた。そうしてメディアスクラムにならないよう、マスコミ各社に要請した。しかしこれは、またA新聞に裏切られ、現場の警察官の努力が無に帰することになる。

二一日深夜、日本政府は、この事件で日本人犠牲者がいたことを確認した。それを公表した会見の際に須田官房長官は、「会社やご遺族と相談のうえ、実名は公表しないことに決めました」と、犠牲者の実名を伏せることを表明した。にもかかわらず、翌二二日、A新聞は朝刊に犠牲者の実名と写真を公表した。

これを受け、テレビや新聞の各社も、いわゆる「後追い」報道を行い、実名が広く報道されることになった。マスコミが「後追い」する場合は、単なる後追いではなく、まだ表面化していないネタや、より深いネタを追い求め、取材がさらに過熱する危険性を常に孕（はら）んでいる。

A新聞の実名報道を受けたかたちで、犠牲者の親族が証言した。A新聞は「実名は報道しない」といって取材していたのだ。報道倫理に悖（もと）る行為である。

瀬戸の部屋で、工藤情報官は吐き出すように言う。沈痛な面持（おもも）ちだ。

「まったくもって、マスコミは腐っています。自分たちが人間の最上位にいるかのように、情報は全部よこせ、載せるかどうかはこっちが判断する、という態度を貫いています。そのうえ、相変わらず平気でメディアスクラムを組むのです。やはり、これは看過できません」

メディアスクラムとは、事件の被害者や関係者などに多くの取材者が群がり、過剰な取材を繰り返すことによってプライバシーを侵害し、日常生活を脅かす報道被害を指す。実名報道と同様、思いあがったマスコミは、報道の自由や国民の知る権利を盾に正当化しようとするが、その実態は、単なるスクープ合戦だ。

そのメディアスクラムのせいで、被害者やその関係者が捜査に非協力的になることもしばしばあり、現場の警察官のほとんどが問題視している。

この事件の背景をのちに工藤情報官から聞いた澤村も、非常に腹立たしく感じたものだ。

「ぜんぜん変わってないじゃないか」……実は彼の母親が交通事故で亡くなったときも、彼女がスナック勤務だったこともあり、死人に口なしと言わんばかりのメディアスクラムに遭った。事故と関係のない私生活を暴くような記事まで出た。果ては、被害者は「実は飲酒運転していたのではないか？」などという根も葉もない噂をもとに、犯罪者呼ばわりまでされた。

それ以来、澤村は大のマスコミ嫌いになった。「記者に碌な奴はいない」と公言するくらい、澤村は筋金入りのマスコミ嫌いなのだ。

ただ、二点目については、それなりの成果を上げることができた。もっとも、瀬戸が言いたかったのは、この機会に警察のプレゼンスを示したい、ということではなかった。瀬戸の頭にあったのは、「官邸」と「政府」であった。

これだけ被害者の多い事件については、いずれ、政府の対応に関してマスコミも騒ぐし、第三者委員会等によって検証もなされる。そのためにも、事件に係る事実関係をきちんと整理しておいたほうがいい。そして、それができるのは我が警察しかない。そういう考えがあったのだ。


事件自体については、二年半後、やっと人質強要処罰法違反（人質殺害）容疑でイスラム武装勢力の指導者の逮捕状を取り、ＩＣＰＯを通じて国際手配を行った。が、その捜査の過程で、残念ながら、邦人の人質は事件発生の翌日には殺害されていたことがはっきりした。官邸の危機対応に問題があったわけではなかったことを示すことができた。

悲しい事件ではあったが、図らずも、前政権とはレベルの違う政権であることを日本国民に示すことができた。一方で、我が国の危機管理上の問題点、マスコミの問題点、政府における警察の役割などが顕在化した。

この事件を機に、一気に日本版NSC（国家安全保障会議）構想が現実化するとともに、特定秘密保護法の議論がスタートすることになる。

（4）

二〇一三年一月末になり、工藤情報官は、瀬戸の官房副長官執務室に呼ばれた。

瀬戸はデスクの前の応接セットのソファで待っていた。彼の手招きで、工藤情報官が座ると、世間話も抜きに、瀬戸は話し出した。

「やっと昨年末、多部総理が政権を再奪取した。彼を支え、長期政権にすることが私たちの使命だ。そして、その過程で、官邸を支える裏の警察組織の土台を作りたい、そう思っていた矢先、海外でとんでもない事件が起きてしまった……」

溜息をつきつつ、瀬戸が続ける。

「もっとも、いつまでも特殊な事件を引きずってもしょうがない。早く平時モードに戻らなければいけない。そこで当面の課題だが、ファーストレディのことだ」

幸いにして、現政権は、総理にしても副総理にしても、カネがらみの心配はない。舌禍（ぜっか）については少々心配だが、優秀な官僚が支えれば、ある程度はカバーできる。最大の懸念の一つは、総理夫人だ。総理夫人の恵子は、もともと交友関係が広い。よく言えば社交性がある。悪く言えば奔放だ。池袋あたりの、場末の「反原発バー」にまで顔を出す。

もちろん工藤情報官にも、その旨の情報は入っていた。瀬戸の言わんとするところを探ろうとする。

「ですから、恵子夫人にも、優秀な秘書が付くのですよね？　今野秘書官が手配したと伺っております」

瀬戸副長官が頷く。実際に、舘咲子という、東大を出ながらノンキャリアで経産省に入った優秀な女性が秘書に付いた。英語も堪能だ。恵子夫人の公務や準公務に同行することになっており、瀬戸も、そこは基本的には安心していた。

ただ瀬戸が心配していたのは、別のことだ。恵子夫人の私的な付き合いである。いままで、これほどまでにプライベートで活動的なファーストレディを見たことがない。だから、そう工藤に伝える。工藤は不思議そうに答えた。

「でしたら、総理から夫人に、ファーストレディとして行動に気を付けるように、と言ってもらえばいいのではありませんか？」

瀬戸が顔をしかめる。

「それが、なかなか難しいようなのだ……」

恵子夫人の奔放さは、いまに始まったことではなく、多部総理も彼女を縛ることを、既に諦めている。これでは一国の総理夫人としてはまずい。官邸ポリス、裏の警察が彼女を守るしかない。これが瀬戸の決断であった。

一国のファーストレディに行確（行動確認）を付けるなんて……工藤情報官は、にわかに信じられなかった。が、瀬戸はどこまでも真剣だった。

「やり方は任せるが、夫人の行動とSNSの監視を頼む。くれぐれも、本人に気づかれないようにな」

「了解いたしました」と言った工藤は、あることを考えていた。あまり使いたくはないが、米国と一緒に開発し、運用を開始できそうな諜報システムの試験運用だ。「そこに総理夫人の名前をキーワードとして入力しておくか」と思いつつ退席しようとしたところで、瀬戸に呼び止められた。

「それと可能ならば、警察庁の人事課にいる澤村君を見習いとして使ってくれ。彼は春から警察大学校の准教授をやることになっているが、いまの時期は落ち着いているはずだから」

瀬戸が誰かを指定してくることは珍しい。工藤が真意を尋ねる。

「英才教育ということですか？」

「まあ、そういうことだ。まだ見習いで、現場経験も千葉県警での一年だけ……高度な尾行などは難しいだろうが、これからの警察に必要なマインドは備えている」

瀬戸が、なぜそこまで澤村に惚れ込んでいるか、工藤には分からない。しかし、ここは従っておくことにした。

「了解いたしました。関係者と相談して、機会を調整します」

そうして工藤情報官は自室に戻った。自分が率いる内閣情報調査室の国内担当であり、官邸ポリスのメンバーでもある木下聡参事官を呼んだ。参事官とは、内閣情報調査室においては、課長級を指す役職名である。

内閣情報調査室、通称・内調は、内閣情報官をトップとする内閣総理大臣直轄の諜報機関で、日本版ＣＩＡとも言われている。約二〇〇名の人員が、国内部門、国際部門、経済部門などに分かれ、国内外の情報を収集・分析している。

もっとも、違法行為も厭わずにスパイ活動を行うＣＩＡとは違って、そうした活動は警察の公安部門や公安調査庁に任せている。内調の活動は、内閣の重要政策に関する国内外の政治、経済、治安に関する、公開情報を情報源とするオシント（オープン・ソース・インテリジェンス）が中心である。そうして集められた情報を、内閣情報官が最低でも週に一回、総理官邸に上げている。室員は、独自ルートで活動することも多く、互いにどんな調査をしているか知らないとも言われる。

木下参事官は寡黙だが、手堅い仕事ぶりが有名で、詰めも確かだ。工藤は「恵子夫人のプライベートを見張れ」という瀬戸の無茶ぶりを具体的にどう進めたらよいか、彼女と接点もなく妙案も浮かばないため、やむなく木下参事官の意見を聞くことにしたのだ。

その木下は、こともなげに言う。

「まず、恵子夫人のフェイスブックなどSNSへの書き込みをチェックしたり、誰かが夫人について書いた内容をチェックしたりすることは、何でもありません。ネットの監視会社に任せるわけにはいかないので、アラートソフトも使いながら、二四時間態勢を作って、我々がやります」

ちなみに、アラートソフトとは、「恵子夫人」などのキーワードを入力しておくと、誰かが書き込んだときに知らせてくれ、チェックできる、というもの。グーグルにも備わっている。

工藤は少し迷いながら付け加える。

「……ついでに、例の諜報システムも試してくれないか」

すると、少し驚いた表情を浮かべた木下参事官であったが、「了解いたしました」と言う。ただ、まだ迷っている。

「問題とされるプライベートな行動ですが……要は、恵子夫人が変な会合に顔を出さないか、会合ではブローカー等、おかしな輩(やから)の接近がないかを確認する、ということですね？」

普通の警護は、警護される人自身がそれを認識し、かつ警護する人間に協力して初めて、うまく行く。今回のケースは、そう簡単なものではない。

そこで木下は、株式会社ＮＣリサーチの陣内優(じんないまさる)の活用を提言した。

ＮＣリサーチは、社員のほとんどが刑事ＯＢの探偵・調査会社。尾行を得意としており、内調もよく依頼していた。通常、「なぜ尾行するのか」という理由については必要最小限しか伝えず、ひたすらマルタイ（対象者）の行動をチェックさせている。

マルタイが現役官僚や政治家の場合、現役の内調職員が調査すると、顔を知られている場合もある。そのため、民間の探偵事務所に依頼する。よくあることなのだ。

ちなみに、時には野党関係者を尾行させることもある。民生党の幹事長になりかけながら、不倫がスキャンダルになり、それを理由に離党するに至った山田紗緒里(やまださおり)にも、相当前から尾行がついていた。そうして不倫の事実が押さえられ、またその間、「弁護士でもある彼女が司法研修所時代から肉食系だった」という事実も調べ上げられた。証拠写真まで押さえてあった。そして、当事者の絶頂期というタイミングを計り、週刊誌にリークした。

また最近の対象では、せっかく三世議員として華々しくデビューしながら、二期目に重婚疑惑で辞職したＮ。彼も、次期衆院選の議員候補者としてふさわしいかどうかの身体検査に早々と引っ掛かった。結果、元同僚に対するストーカー騒ぎが、同じく内調によって、週刊誌に情報提供された。

さて、木下が活用を提案した陣内は五五歳。髪には白いものが増えてきたが、ガタイがいいため、年よりは若く見える。表情は柔和で、笑うと目が線のように細くなる。木下のカウンターパートである。家庭の都合で早期に警視庁を辞めたと聞いているが、元捜査第三課、つまり泥棒担当だっただけあり、尾行を得意としていた。

陣内の尾行能力を十分に認識していた工藤情報官ではあったが、木下がなぜ陣内の活用を主張するのか、いまひとつ呑み込めなかった。工藤の表情から、木下はそれを感じ取った。そこで、陣内が異業種交流会などに積極的に参加し、交友関係が広く、恵子夫人が絡む交流会やイベントの関係者に知り合いが多いという事実を伝えた。

工藤は、陣内を活用すべしと考える木下の意図を理解した。そして夫人付きの舘咲子から夫人の予定を報告させることとし、エイワンの裏メンバーとも言える陣内に懸けてみることにした。

このとき工藤は思いついた。霞が関の新参者である澤村は、まだ顔が割れていない。使えるかもしれない。工藤は木下に指示する。

「可能なら、陣内には、部下として警察庁人事課の澤村を使ってくれるよう、頼んでくれ」

唐突だなあ、と思いながらも、尊敬する上司の指示なので、木下は素直に従うこととした。

「了解いたしました、伝えます」

(5)

翌日、木下は、事前にアポイントを取って内幸町（うちさいわいちょう）のNCリサーチを訪問した。小会議室に通される。女性社員の淹（い）れてくれた熱いお茶を飲もうとして、湯気で曇ったメガネをハンカチで拭いていると、社長の陣内が片手を軽く上げながら現れた。

「お待たせしました」

やはりガタイがいい。固太りだ。木下が工藤からの指示を伝える。すると、陣内は少し困った表情を浮かべる。

「確かに何人か共通の知り合いはいます。会合でもご一緒したことはあります。が、とても全部はフォローできません」

木下は少々焦（あせ）る。

「公的行事には、夫人付きの秘書がいます。プライベートな会合については極力事前にお伝えしますので、できる範囲内でお手伝い願いたい。で、さらなるお願いで恐縮なのですが、後輩を一人、使ってやってほしいのです……」

日ごろ世話になっている木下から頭を下げられたのだ。陣内も気持ちを切り替えた。長期戦を予想しながらも、承諾する。

――その翌週の月曜日。恵子夫人は、午後六時から、六本木のグランドハイアット東京で行われる「次世代健全育成倶楽部」という、少年少女にプロアスリートがスポーツを教える団体の賀詞交換会に参加する予定になっていた。そこで陣内は、その団体の代表、三田公介に連絡をとり、部下を伴い二名で参加したい旨を伝えた。

この種のミッションを完遂するには、会場への出入りを確認するだけでは不十分だ。できる限り近くに張り込む必要がある。どの程度使えるか分からないが、木下参事官から澤村という警察庁の若手を使ってほしいと言われている。工藤情報官の指名らしい。二人のほうが何かと便利なので、最初は会社の部下を使おうと思っていたが、木下参事官のたっての願いを聞き入れることにした。

もともと三田代表は、陣内が顧問をしているゲーム会社の社長に紹介してもらった。三田代表も陣内のことを、ゲーム会社の顧問だと認識している。

陣内は、翌日午後五時三〇分に、グランドハイアット東京のロビーで、澤村と待ち合わせた。一五分前からソファに座って待っていたが、周りでは様々な国の言葉が飛び交っていた。

午後五時二五分、澤村が正面から入ってきた。着いたら連絡を入れてくれるよう伝えてあったが、聞いていた人相風体と、到着して早々、キョロキョロしながらスマホを取り出す様子に、それと気付いた。

陣内は澤村を見た瞬間、「警察庁キャリアにしては垢抜けているが、目立ち過ぎるかもしれないな」と思った。が、澤村の目には強い意志を感じる。彼の物腰の柔らかさにも好感が持てた。澤村には直接声を掛けず、ショートメールで誘導し、隣に座らせた。

澤村は小声で囁く。

「本日はよろしくお願いいたします」

陣内が「こちらこそ」と、にこやかに返すと、澤村が聞いてきた。

「会場は、三階ですよね?」

陣内が説明する。

「その通り。ただ、今回のメンバーは知らない人が多いので、代表をここで捕まえようかと。ここだと、タクシーを降りて正面から入ってくる人間も、社用車で来て裏で降りた人間もチェックできる。上りのエスカレーターは、裏側の入り口に近いので、もし向こうから入ってきたら、少し急ぎますよ」

了解いたしました、そう答えながら、澤村は周りを見回した。

今日は他にイベントはないようなので、エスカレーターで上がっていく人たちは、みなパーティ参加者であろう。テレビでよく見かけるIT企業の社長、ダンスグループのメンバー、元プロ野球選手なども交ざっていた。

さすがに三田代表の人脈は凄い。自分とそんなに変わらない歳なのに、この顔ぶれだ。陣内は感心しながら澤村の様子を窺うと、彼は陣内以上にショックを受けているようだった。

実際、澤村は、普段接することのない光景に圧倒されていた。そうこうするうちに、三田がタクシーを降りて、ホテルの正面玄関から入ってきた。陣内が澤村に目配せする。

見るからに高級そうなグレーのコートに、紺と臙脂のストライプのマフラーを巻いていた。正面から来たので慌てる必要はない。二人は立ち上がって、ゆっくりと三田に近付いていった。

「三田さん、お久しぶりです」

陣内が三田代表に声を掛ける。

「えっと、あっ、陣内さん、お久しぶりです」と、三田は如才のない笑顔を見せた。

「さすがに記憶力も凄い」と感心しながら、陣内は続けた。

「覚えていてくださり、ありがとうございます。部下の澤村も連れてまいりました。うちの社長が遅れるみたいなので、ご一緒させていただいてよろしいですか？」

「もちろん」と言ってくれた三田代表と一緒に三階の賀詞交換会会場に向かう。

広いホールには華やかなドレスを着た女性も多かった。実業家だろうか、貫禄のある女性も多い。さっき目の前を通っていった人以外にも有名人が多数参加しており、澤村はキョロキョロするしかない。陣内に肘で突かれたので、少し落ち着こうとした。

賀詞交換会は、午後六時ちょうどに、三田の挨拶で始まった。が、恵子夫人はまだ来場していないようだった。

陣内には知り合いが多い。喉の渇きはソフトドリンクだけで我慢して、澤村を紹介したり挨拶したりしながら、恵子夫人の登場を待った。

すると、三田代表がマイクを握った。

「ようやく多部総理の令夫人、恵子様がいらっしゃいました。拍手でお迎えください！」

何人かの退屈な挨拶が終わったあとだった。酒を片手に歓談を始めていた参加者が、一斉に壇上に注目する。大きな拍手が巻き起こった。

恵子夫人は、にこやかに頭を下げる。そうして無難に挨拶を済ませた夫人が壇上から降りると、参加者が次から次へと群がってきた。超の付く人気者である。

陣内は、その様子を遠目に見ている。

(今日のメンバーには、うさん臭そうな奴はいないな。いわゆるブローカー臭がする奴も見当たらない。ツーショット写真をねだる人間もいない。この会合で近付くのは難しそうだから、あとは無事に帰ってくれれば、ＯＫだ) ——そう安心した。

澤村も、彼なりに、夫人に近付く参加者を凝視していた。

陣内が三田に愛想を振りまく。

「さすがに恵子夫人は人気者ですね。ですが、この会の参加者の方々は、写真を撮ろうとする人すらいない。マナーがいいのは、三田代表の人脈だからでしょうね」

三田は何でもないことのように微笑んでいる。しかし、この言葉に気を良くしたのか、願ってもないことを言い始めた。

「今日の参加者の皆さんは、それくらいの常識は持ち合わせていますよ……ところで、このあと恵子夫人を誘って二次会にも行くのですが、陣内さんと澤村さんもご一緒されますか？元警察官の貴方(あなた)がおられたら、責任者の私も安心だしね」

澤村は一瞬ドキリとしたが、「警察官」が自分ではなく陣内を指すのだと分かり、ホッとした。そうか、元警察官だということは、ちゃんと話してるのか——。

警察官の場合、現役だと鬱陶(うっとう)しがられるのだが、「元」だとむしろ歓迎されるのだ。いずれにせよ、凄い世界に踏み込んだものだ。澤村は陣内の様子を窺った。

すると陣内は、即座に「社長が来られなかったので、代わりにぜひ」と返した。澤村も従うしかない。二次会の会場は西麻布だという。

澤村は歩いていくものだとばかり思っていたが、陣内はタクシー乗り場に向かう。少しでも早く着いて現場を確認するのだという。さすがだ。六本木通りを真っ直ぐ渋谷方面に進み、高樹町交差点をＵターンして、西麻布交差点との中間点あたりでタクシーは停まった。

二次会の会場は、澤村の知らない店だった。少し戸惑っていると、「この二軒隣が、いわゆる海老蔵ビルですよ」と陣内が耳元で囁く。有名な歌舞伎役者が半グレにボコボコにされたバーが入っているビルなのだ。

小綺麗な雑居ビルの二階にある会員制のバー「アルファ」——いかにも芸能人が出入りしそうな、いま流行りの内装を凝らした、お洒落な感じのバーであった。そのなかのＶＩＰスペースが予約されていた。

澤村にとって、ＶＩＰスペースどころか、この種のバーに足を踏み入れるのも、実は初めてのことだった。西麻布は、元麻布に住む澤村にとって身近な場所にも思えるが、心理的には「別人種のための場所」というイメージが強い。飲食する場としても選ぶことはなかった。

ただ、ＶＩＰスペースといっても、少し背の高いソファで囲まれているだけ。立ち上がって店内の様子をキョロキョロと見ていると、そこに恵子夫人が到着した。さっきよりも恵子夫人との距離が近くなった。

澤村が少し緊張していると、また陣内に突かれた。耳元で陣内が「非常口など店の構造を把握しておくように」と囁く。そこでＶＩＰスペースを出て、トイレを探すフリをしながら、他の席の配置や非常口の位置などをチェックした。

店のシステムとしては、ＶＩＰスペース以外の客は、カウンターのところでアルコールをキャッシュオンで注文しているようだ。カウンターで飲んでいる人間のなかにテレビで見たことのある人間がいたような気もしたが、思い出せなかったので、ＶＩＰスペースに戻ろうとした。

そのとき、スーツ姿の女性が自分を見ていることに気付いた。チラリと見ると、目鼻立ちが整っているというわけではないが、澤村好みのクリクリとした瞳が魅力的な女性である。歳は三〇代だろうか。彼女がニコリとした気がしたが、仕事中である。気付かないフリをしてやり過ごした。

澤村がＶＩＰスペースに戻ると、二次会がスタートした。人数も減り、いくぶん緊張から解放されたのか、恵子夫人のグラスの空くピッチが上がっていく。彼女はアルコールに強いほうだとは聞いていたが、酔うと一層、開放的になるようだ。周りの人の肩を気軽に叩いてみたり、しなだれかかって握手してみたりと、ボディタッチが増えていった。

澤村が、これ以上酔うとやばいな、と思っていると、恵子夫人が徐にスマホを取り出し、どこかに電話をし始めた。

「呼んじゃった！　来るって」という恵子夫人の声が聞こえてくる。

しばらくして現れたのは、有名ピアニストのＦだった。恵子夫人は立ち上がって自ら招き入れる。Ｆを隣に座らせた恵子夫人は、少女のようにはしゃぎ出す。いまはＦに腕を絡めている。これは本当にまずい、と思っている澤村から、Ｆに気付いた男性客の一人がスマホを向けるのが見えた。

澤村がどうしたものかと陣内を見ると、既に彼は客を目がけて早足で進んでいる。

「すみません、プライベートですし、事務所的にＮＧなんで、ご勘弁を」――Ｆの事務所の人間を装って、スラスラとでまかせを言っているではないか。

しかし、その男性は酔いも手伝ってか、「関係ないだろ？」と凄んでみせる。ノータイの背広姿で、わざとシャツを着崩している。三〇代だろうか。胸元には肩から続くタトゥーが小さく覗いているが、陣内は気にも留めていない。

陣内の表情も口調も、あくまでも優しい。が、少しは場数を踏んだ男ならば、陣内が放つ独特のオーラは感じ取れるはずだ。

「ここはオープンな場所ではありません。お願いを聞いていただけないなら、出るところに出ないといけないのですがね」

ぶつくさ言いながらも、すぐに客は撮影をあきらめた。カウンターのほうに戻っていく。

結局、恵子夫人はずっとFを横に座らせ続けた。が、他の客の接触はなかったし、誰かに撮影された気配もない。もっとも、途中、夫人とFがキスしているように見えたので、陣内と澤村にとっては心臓に悪い時間を過ごすことになった。

いつまでこの状態が続くのかと冷や冷やしていたところ、唐突に恵子夫人が「そろそろ帰ります」と告げた。そうして周囲に愛想を振りまきながら挨拶を始める。少し呂律が回っていない。ただ、いつも長居はしないようだ。

陣内と澤村は、三田とともに、千鳥足になっている恵子夫人をケアしながら、エレベータに向かった。四人で地上に降り立つ。すると、既に前面の道路に付けられていた黒塗りのバンが目に入った。

夫人がバンに乗り込むのを確認して見送ると、三田が「これから飲み直しませんか？」と誘ってきた。二人はもう少し残ることになった。

陣内は相変わらず一口もアルコールを口にしない。が、澤村は、二人とも飲まないのは不自然だと判断し、カウンターでカシスオレンジを頼んだ。本当はワインを頼みたかったが、陣内がまったく飲んでいないので、軽めのカクテルを選んだのだ。バーテンダーが作る様子を見ているとき、澤村の肩を誰かが突いた。

先ほどの目が魅力的な女性だった。スラリとした長身に、紺のパンツスーツを着こなしている。少し戸惑いながら見返すと、思いがけずハスキーな声で彼女が囁いてきた。

「……こんばんは。あなたもパーティの参加者ですか？　それとも、恵子夫人の関係者？」

唐突な質問に動揺しながらも、澤村は平静を装った。

「よく知ってますね。パーティに出席した者ですよ。何か問題でも？」

女性は表情を変えない。

「いいえ、夫人を送りに行ったから、身近な人なのかなと思いました」

冷静さを取り戻した澤村は、ここで形勢逆転を狙った。

「さっき貴女(あなた)は、パーティの参加者かって聞きましたよね？　でも、なぜパーティのことを知っているのですか？　ずっと尾(つ)けてきたとか？」

今度は彼女が動揺している。そして、観念したように言った。

「……ホテルで恵子夫人を見掛けて、尾けてきたんです」

存外、素直じゃないか……そう澤村が思った瞬間、陣内が近付いてくるのが見えた。

「あっ、すみません、いますぐ」と陣内に対して答えたあと、「機会があれば、また」とだけ言い残して、澤村は謎の女性のもとを去った。

陣内は少し怒っているように見える。グラスをテーブルに置いた澤村は、陣内に正対した。

「あの女性は知り合い？」と聞いてくる陣内に、彼女とのやり取りを手短に説明する。

陣内はホッとした表情を浮かべつつも、腹に響く低音で付け加えてきた。

「仕事のときは、関係者以外の人間と会話してはいけない。素性の分からない相手ならなおさらです」

澤村は素直に謝るしかなかった。確かに今日の陣内の動きには、すべてに無駄がなかった。元警察官で、現在も警察の仕事を手伝うプロ中のプロだ。それに比べて自分は……反省点ばかりが思い返される。明日、工藤になんと報告したらいいのだろう、と思案しながら、澤村は帰途に就いた。

翌日、陣内は、木下参事官に対して昨晩の状況を報告した。そのなかには、澤村について、「非常事態を察知するセンスは持ち合わせているものの、まだ脇が甘いところがある」という評価も含まれていた。

ついでに、「現役の警察官僚と一緒に行動するのは疲れますので、やはり社内の態勢でやらせてください」とも伝えておいた。

木下は、念のために恵子夫人のフェイスブックを確認したが、三田代表が書いた賀詞交換会に関する投稿に「いいね！」を押しただけであった。他に気になる書き込みも見当たらない。アラートソフトも特に反応していない。とりあえず、ファーストレディのスキャンダルを未然に防ぐことはできたようだ。

木下は工藤情報官と話し、澤村には別の任務を与えることにした。一方の陣内は、その後もファーストレディを守る業務を続けた。

第３章　警察キャリアvs.政治記者

(6)

澤村有は、二〇一一年四月、府中の警察大学校に入校すると、途中、人事院が主催する公務員研修（初任課程）を入間で受けた。そうして夏まで初任幹部科初任課程で各種法令を学び、柔道、剣道、逮捕術、拳銃の訓練を受けた。警察官としての基本を学んだのだ。その間、警視庁の交番で、実地研修も受けている。

ちなみに、澤村らは、警察庁に入庁した時点で警察庁警部補に任じられているが、交番で研修勤務する際は、「警察庁警部補兼警視庁巡査」という不思議な辞令を受けとった。階級章は巡査を示す一本線。澤村が割り振られたのは、眠らない街として有名な場所、新宿警察署歌舞伎町交番であった。

歌舞伎町交番では、ベテラン巡査部長に指導してもらった。四交代の当番勤務にも従事し、毎晩のように発生する酔っ払い同士の喧嘩の仲裁にも携わり、現場の苦労の一端を体験した。そうして警察大学校を卒業すると、約一年、千葉県警で実際の交番勤務を経験し、捜査部門でも研修した。

　澤村らは、二〇一二年夏、警察庁の各課に配属されて勤務を開始した。澤村の配属先は人事課だった。すると配属されてすぐ、エイワンからリクルートされた。

　なぜ自分なのか——その理由は分からない。しかし黙々と、特定秘密保護法への反対デモに参加するメンバーの実態把握などをこなした。もちろん、警察官僚としての研鑽（けんさん）も積んでいった。

　そもそも人事課に配属される人間は、将来の幹部候補である。澤村は、ときおり内閣府の六階、内閣情報調査室の資料室で行われる先輩との会合で、各省庁の問題についても理解を深めていった。

　二〇一三年になると、人事課の係長である澤村は、春に入庁する後輩を指導する警察大学校准教授も務めていた。

　ちなみに、警察庁の係長を務める警察官の階級は、警部である。全国の警察本部から出向してくる警部も、警察庁では係長として勤務することになる。警察署では課長、警察本部でも課長補佐として勤務していた精鋭たちが、警察庁では「係長」となるのだ。警部補で入庁した澤村らは、約一年の県警での研修から戻るとすぐに警部に昇任し、警察庁の係長になったのだが、まだ半人前ではあるので、伝統的に「見習い」と呼ばれる。

もっとも「見習い」と呼ばれながら、見習っている余裕はない。どこの課も人が足りないためだ。先輩や上司が厳しく鍛えてくれたが、即戦力が期待されていた。こうして課長補佐（警視）から膨大な文書作成を指示されたりしているうちに、一年目が終了した。

二〇一三年に入って早々、まだ見習い中であるにもかかわらず、澤村はエイワンのメンバーとして、総理夫人をマークするという重責を担った。春からは、警察大学校の准教授として、新たに入校してきた後輩たちと接した。授業を受け持つほか、毎朝、後輩たちと走ったり、厳しい訓練にくじけそうになっている後輩たちを叱咤激励したりした。

このときは土日以外、後輩たちと警察大学校内の寮で寝泊まりするため、なかなか自分の時間を取れなかった。が、後輩たちが人事院研修で入間に行っているときなどは、プライベートな時間を過ごすことができた。

そのため学生時代から交際していた松下綾香とは毎週のようにデートしていたが、五月のある日曜日、ちょっとした事件が起きた。その日、澤村は、新宿駅東口交番前で綾香を待っていた。すると、いつも時間に正確な綾香が少し遅れ、しかも走ってくる。

「ごめん、遅くなって」と手を合わせながら近づいてくると、澤村の腕をつかんで、なぜか交番内に引っ張っていくではないか。

「すみません、そこで、痴漢に遭いました」

目の前の警察官は、誰かの道案内で忙しい。代わりに奥から別の警察官が出てきた。階級章からすると、巡査長か。「どこで、ですか？」と聞く。

綾香は、「そこの階段のところです」と、興奮気味に答えている。

綾香の説明によると、こうだ。彼女が階段を上っていると、下りてきた男が、すれ違いざまに彼女の胸を触ったのだ、と。正義感の強い綾香は、「何をするんですか？」と叫び、追いかけたそうだが、見失ってしまったという。それが遅刻の原因だった。

対応した巡査長は、話だけは聞いてくれたが、「うーん、もうこの辺にはいないでしょうねえ」と、明らかに面倒臭そうな態度である。この類(たぐい)の話は毎日あるのだろう。「被害届を出すから捜してほしい」という綾香に対し、巡査長はなかなか動こうとしない。

澤村は、自分の彼女の身に起こったことでもあるので、一応、援護射撃を試みた。

「被害者が被害を申告しているのですから、被害届を受理するくらいはしてもいいんじゃないですか？　その前に、念のため現場を確認して、できれば微物鑑識も……」

そう口にした瞬間、巡査長が「おまえ何様だ」と言わんばかりに、澤村を睨(にら)んできた。その様子を見た綾香は、ますます興奮してしまった。

「警察って、私たちの税金で働いてるんでしょ？　有、もっと言ってやってよ。あなたは警部なんでしょ？」

澤村は慌てて綾香の口を塞いだ。綾香の言葉の最後のほうは、巡査長の耳には届いていなかったと思う。ただ巡査長は、これは面倒な連中にちがいないと思ったらしく、「分かりました、現場に案内してください」と、しぶしぶ外に出てきてくれた。

綾香が痴漢被害の現場を案内し、痴漢の犯人を三人で捜したが、やはり見つからない。交番に戻り、被害届も受理してもらった。犯人候補がいるわけでもないので微物鑑識まではしなかったが、後に人相風体が似た男が捕まれば連絡があることだろう。

ところが、その後が大変だった。交番を出るとすぐに、綾香が絡んできたのだ。

「なんで、もう少し強く言ってくれなかったの、有？　緊急手配しろ、とかなんとか」

澤村は冷静に答えるしかない。

「そんな無茶を言うなよ。やるべきことはやってくれたじゃないか」

その言い方が余計に綾香を刺激したらしい。追及の手は止まない。

「どうせ、他人事だもんね。私がちょっとのスピード違反で停められたときも、ぜんぜん助けてくれなかったし」

ここまで言われると、さすがの澤村も言い返すしかない。

「おいおい、まだそんなこと言ってるのか？　プライベートな場面で警察官の立場を利用したくない、と言っただろ？　しかも、こっちが悪いんだし。そもそもスピードに気を付けろって、俺が言った矢先だったじゃないか」

その言葉が綾香の怒りに火を点けた。

「あれくらいのスピード、みんな出してるじゃない。せっかくキャリアになったのに、思ったほど有は頼りにならない。もっと頼りになるかと思った……しかも、今日は私が被害者よ。警部として命令すればいいじゃない！」

もう滅茶苦茶だ。これでは先が思いやられる。その日のデートは中止になってしまった。

そんなことが続き、結局、綾香とは別れることになった。

一人になった澤村は業務に専心し、後輩の世話に、一層精を出した。もしかしたら、熱く指導するようになった准教授の変化に気付いた後輩がいたかもしれない。

澤村は、夏に後輩たちを各県警に送り出すと、再び警察庁での膨大な資料作成に追われる生活に戻った。もっとも、見習いも一年が過ぎるころから、上司のお供で国会議事堂や議員会館に行く役を任されたりするようになった。

（7）

二〇一三年九月、澤村は人事課長のお供をして、衆議院第一議員会館を訪れた。国会は閉会していたが、議員会館の地下で行われた与党主催の勉強会に、各省庁の人事担当課長（秘書課長等）が呼ばれていたのだ。

　議員会館は、永田町の国会議事堂の西側、道路を挟んだ向かい側に、三つ並んで建っている。その南に総理官邸が屹立するが、官邸に近いほうから、衆議院第一議員会館、衆議院第二議員会館、参議院議員会館と並んでいる。

　澤村はメモ取り役なので、気楽な立場だ。が、議員会館に来るのは初めてだったので、会館用のセキュリティＩＤカードをセンサーに当ててゲートを通るときは、少々緊張した。勉強会が終わると、人事課長から「ちょっと寄るところがあるから、待っていてくれ」と言われた。澤村は一階で待つことになったのだが、そのころには場の雰囲気にも慣れ、少し余裕が出てきた。

　へーえ、昭和風のカフェやコンビニがあって、しかもタリーズまであるのか……などと思っていると、いきなり後ろから肩を叩かれた。

「こんにちは」

　ハスキーな女性の声だった。振り返ると、どこかで見たことのある紺のパンツスーツ姿の女性が立っている。一瞬、思い出せなかった。気付くと、女性は澤村の胸元に付けた警察庁のＩＤをじろじろと見ている。

「えっ、貴方、警察庁の人だったんですか？　ああ、だから……」

　ここまで来て、澤村も、相手が誰か思い出した。ただ、明るいところで見ると、歳は少し若かった。二〇代半ばに見えるこの女性は、西麻布の「尾行魔」であった。

　女性は自分の名刺を出した。「中央新聞　政治部記者　奥田麗」とある。新聞記者だったのか。つい声が出てしまった。露骨に嫌な顔をしていただろう。

　その様子を見て、彼女が傲然と言い放つ。

「記者はお嫌いかしら？」

　澤村は、冷静になれ、と自分に言い聞かせる。

「いや、特に好き嫌いはありませんが、ただ、総理夫人を尾行するような人物は危ない部類の人間だと分類しています」

　奥田麗の目の奥に不敵な炎が灯った。

「いけませんか？　自分の夫が総理に就任早々、しかも海外で邦人が何人も亡くなるような大事件があったのに、夜な夜な飲み歩く……そんな人に興味を持つのは、むしろ正常な社会人じゃないかしら？」

　いや、貴女の言うことが正しい。しかし、もう少しで利用されるところであったのも事実だ。やはりあのときは、陣内に救われた。改めて陣内の凄さを再認識した。

「さ・わ・む・ら・ゆ・う様で、いいのかしら？」

澤村は、慌てて胸元を手で覆ったが、間に合わなかった。加えて奥田は、怯まずに「名刺をいただけませんか？」と迫ってくる。

そのとき、「おい、行くぞ、澤村」という胴間声が聞こえてきた。人事課長に救われたのだ。

「……ということで、失礼いたします」

何か言いたそうにしている奥田を置いて、その場を離れる。議員会館を出ると、「地下鉄で帰ろう」と言う人事課長とともに、国会議事堂前駅に向かって歩き出した。

「さっきの人は知り合いか？」と、人事課長が聞く。

「いや、ちょっと……中央新聞の記者なんだそうです」と曖昧に答える澤村。

人事課長の顔が曇った。だが、「記者には気を付けろよ」とだけ告げて、あとは黙って歩いていく。「私も記者は嫌いなんです」と答えて、澤村は後に続いた。

――翌日の午後九時。仕事が終わった澤村は、元麻布のマンションに帰ろうとしていた。東京メトロ日比谷線の霞ケ関駅で一番後ろの車両に乗る。二つ目の六本木駅でホームに降りて歩き出した。すると、何となく誰かに尾けられているような気配がする。

「まさか、俺に尾行？」とは思ったが、入庁一年目に千葉県警で教えてもらった「警戒行動」を試してみることにした。

　改札を出る。いつもは左に行くところだが、右に進む。さらに右、都営地下鉄大江戸線の六本木駅方面に向かって歩く。そして、一つ目の長めのエスカレーターに乗り、次いで短いエスカレーターに乗って、いったん下に降りる。が、すぐに上りに乗った。すると、下りエスカレーターに乗ろうとしていた水色のワンピースの女性が急に足を止め、体の向きを変えた。

　習った通りだ、分かりやすい。警察官僚を尾けるなんて百年早いわ、と心のなかで叫びながら近付いていく。すると、昨日会ったばかりの奥田が目の前にいた。

「奥田さん」……澤村は呟いた。一方の奥田はペロリと小さく舌を出して、ふてくされた表情をしている。それも奥田の照れ隠しだろう。そこで澤村も正気を取り戻し、「あのねえ、警察の人間を尾行するなんて、記者だとしても、どうかしていますよ」と抗議した。

　奥田は相当な玉だ。もう、クールな表情に戻っている。感心している澤村の耳に、例のハスキーな声が聞こえてきた。

「警察っていっても、澤村さんはまだ、新人みたいなものですよね。社会部の人に聞いたら、澤村なんて知らないって言われました」

　返す言葉もない。しかし事実だ。若い女に指摘され、腸（はらわた）が煮えくりかえった。

「……変なことは、もう二度としないでください」と、努めて冷静に告げたつもりだが、陣内のように上手くやれたかどうかは分からない。

その場を立ち去ろうとしたその瞬間、奥田がいきなり澤村の腕を取った。

「澤村さんは記者を毛嫌いしているみたいだけど、私は政治部の人間です。警察の担当でもないから、あんまりバリアを作らないでください。しかも今日はオフなんです」

そう言って、澤村を自分のほうに引き寄せる。奥田の小ぶりに見える胸に澤村の腕が軽く触れた。弾力から想像するに、意外とDカップくらいはあるのかもしれない。

そんな澤村の戸惑いに気づいたのか、奥田がズバリと斬り込んでくる。

「軽く飲みませんか？　政治部の記者の話には、参考になるネタがあるかもしれませんよ」

ノックアウトされた、そう思いながら澤村は、左手首に巻いたタグホイヤーを確認した。午後九時二〇分だ……「では、一一時までならば」と言っている自分に澤村は驚いていた。

二人は日比谷線の改札のほうに戻り、改札前を通り過ぎて階段を上がり、六本木駅から出た。奥田麗が先導するかたちで右に曲がり、ドラッグストアのマツモトキヨシの前を通り過ぎて、定番の待ち合わせスポット「アマンド」の先を右折した。芋洗坂を下っていく。

奥田麗が「ここでいいですよね？」と言って、あるビルの地下に向かって下りていく。こじゃれた居酒屋がある。店内は客で賑わっており、適度にざわついていた。テーブル席がそれぞれ衝立で仕切られ、話しやすい雰囲気だ。奥田が取材に使っているのかもしれない。

席に通され、店員が差し出したおしぼりで澤村が手を拭いていると、何も聞かずに奥田が「とりあえず生ビールを二つ」と頼んだ。しかし、乾杯もなしに奥田が質問の口火を切る。

「私の質問は簡単です。総理夫人を守るＳＰなら警視庁。警察庁の方が、どうして恵子夫人とバーにいらっしゃったのかしら？」

仮に奥田からネタやスキャンダルを教えてもらうにしても、この質問の答えほど重くはない。澤村は届いたばかりのビールを、黙って一人で飲み始めた。

すると、いきなり奥田が核心を突いてくる。

「私には、澤村さんが夫人をガードしているようにしか見えなかったのですが」

自分は観察されていたのだ。澤村の掌がうっすらと汗ばむ。しかし、誘導尋問などに引っ掛かっていたら警察官失格である。ましてやエイワンのメンバーになることなどできない。

誘導尋問への対応には鉄則がある。それを思い出した。

人は、やましいことを隠そうとすると饒舌になる。ここで、むきになって否定したりすると、余計に疑われるだけだ。ただ、興味なさそうに返せばいいのである。

「たまたま先輩と顔を出したパーティで一緒になって、二次会に流れただけですよ。実は、さっさと家に帰って、ボクシングのタイトルマッチを見たかったんですがね……」

言ってみて、次はどんな突っ込みをしてくるのか少々心配になったが、奥田はそれ以上、追及してこなかった。それも奥田一流の作戦かもしれないが、そのあとは他愛もない話ばかりをした。まさに自己紹介の場となった。

奥田麗は青山学院大学法学部出身の二四歳。在学中から新聞記者を目指し、優秀な成績で中央新聞に入社した。大学時代には一年、パリに留学していたらしい。澤村もパリには長期滞在した経験があるので、その話で盛り上がった。

刺身の盛り合わせが存外うまくて、澤村がそちらに気を取られていたとき、奥田が「そういえば」と切り出した。

「澤村さんは、どうして記者が嫌いなんですか？」

澤村はギクリとしたが、彼女の目を正面から見て答えた。

「記者たちは先方の都合や迷惑も顧みずに取材をして、ときに間違った報道をしても謝罪の一言すらない。貴女は違うと思いますが、身勝手な記者のせいで人生を狂わされた人がたくさんいるのです。実際、私もある家族の例を知っている……」

奥田がうつむいて黙り込んだ。演技などではない。ベールで被（おお）ったように、瞳（ひとみ）がうっすらと潤（うる）んでいる。多分、傷ついたのだろう。しかし、澤村の家族もメディアスクラムの被害者と言える。自分の考えを正直に伝えるしかない。

眉間（みけん）にしわを寄せて語る澤村を、奥田は神妙な面持（おもも）ちで見返した。無意識にセミロングの髪を指でかき上げている。右の首筋にホクロが三つあるのが見えた。

「……私はそういうことはしません。ですが、同業者として、その記者に代わって謝ります」

かつて、ある政治家からも同じような台詞（せりふ）を吐かれたらしい。奥田の表情は真剣そのものだ。澤村は、言い過ぎてしまった、と後悔した。

「……いや、貴女のことは信じよう。ただし、僕のことを尾行しない、という条件が付きますがね」

奥田の肩がピクリと動いた。紅潮した頬に小さな微笑みを作る。例の印象深い瞳がキラリと光った。すると最高の美人が出来上がる。

「ふふふ……ありがとうございます。もう、澤村さんのことを尾行したりしません。でも、ちゃんと場所と時間を決めて会うのだったら、かまいませんよね？」

この言葉は仕事抜きで言っている、と澤村は確信した。それくらいの人生経験は積んでいるつもりだ。頷いて笑顔を作ると、そんな澤村の心を読んだのかどうか、奥田は不思議なことを言い始めた。

「私、昔から顔がアンバランスな人が好きなんです。心理学的にも、そういう顔のほうが相手に安心感を与えるみたいですけど、澤村さんの右目は奥二重で、左目はパッチリの二重ですよね？　西麻布のバーで、すぐに気付いたのですけど……」

喜んでいいのかどうか分からない。しかも、あの日は恵子夫人を尾けてきたはずではないか。だが、同様に、自分も奥田麗のアンバランスな魅力に惹かれ始めている。一週間後に再会することを決めて、午後一一時ちょうどに店を後にした。ＬＩＮＥのＩＤを交換して——。

こうして逢瀬を重ねるようになった二人だが、実際に会うことはなかなか叶わなかった。互いに多忙を極める仕事に就いていたからだ。しかし毎日、ＬＩＮＥでメッセージの交換をしていた。

澤村は、日に日に強まる奥田麗への気持ちを持て余していた。永田町界隈の有用情報を得るためという当初の言い訳は、いつの間にか心をよぎることがなくなった。

そうして二〇一三年の年末は、元麻布のマンションで奥田と過ごした。初めて彼女を自室に招いたのだ。この日が二人にとって初めての夜にもなった。

奥田は躊躇することなく招きに応じた。そして、その夜は大いに乱れた姿を見せた。昼間のクールな奥田麗は別人なのか……自分の腕枕で小さな寝息を立てる彼女の項を撫でながら、澤村はそう思った。首筋の小さなホクロは、実は四つあった。南十字星のように見えるのは、彼女の肌が雪のように白いからだろう。

二〇一四年に入ると、三月に、北朝鮮から日本海側に向けてロケット弾や中距離弾道ミサイル「ノドン」が撃ち込まれるようになった。北朝鮮情勢は緊迫の度を増していった。

澤村と奥田は、毎晩のようにLINEのメッセージを送り合いつつ、平均して一〇日に一度ほど会っていた。ちょうど良い距離感で付き合っていたのだ。

そして四月、澤村のフランス留学が決まった。この留学がなければ警視に昇任し、県警の課長になっていたであろう。が、川路大警視が警察制度を参考にしたフランスで「日本警察の起源」を学びたかったので、自分から希望を出していたのだ。

パリには、学生時代、旅行で長く滞在したことがある。だが、一年間滞在することになる街は、フランス中部に位置するリヨンだ。フランス第三の人口規模を誇る。リヨン郊外の丘陵地に、フランス国家警察大学校があるのだ。

ちなみにリヨンには、「ルパン三世」に登場する銭形（ぜにがた）警部で有名な、インターポール（国際刑事警察機構）の本部がある。そこには警察庁から先輩たちが出向している。

フランス国家警察大学校は、現役幹部や幹部候補生のほか、澤村のような世界各国の警察幹部らを受け容れている。そして、法学や危機管理等を専門とする大学教授や実務家によって、実践的でハイレベルな講義を行っている。この点は、日本の警察大学校も同様だ。

明治時代に川路大警視が何度も渡仏し、モデルとしたフランス警察の制度は、一五〇年近く経った現在も優れている。たとえばＤＶ対策。これへの積極的な取り組みは、世界中から注目を集めている。

また澤村にとって、そこで他国の警察幹部と交流したことも、将来の幹部候補としては意義あることであった。

フランスで学んでいるあいだ、奥田との関係が疎遠になる恐れもあったが、積極的な彼女は、世界遺産の街リヨンを二度も訪れた。そうして澤村と共に旧市街ヴューリヨンを巡り、名物のムール貝をバケツいっぱい食べたり、ケーブルカーに乗ってフルヴィエールの丘へと登ったりした。リヨンを堪能し尽くしたのだ。もちろん、パリのノートルダム大聖堂や、オランジュの古代ローマ劇場跡を訪れることも忘れなかった。

この年、日本国内では、九月に多部総理が内閣改造を行い、一一月に沖縄県知事選で辺野古移設反対派の知事が誕生したが、大きな動きはなかった。政治部記者の奥田も休暇を取りやすかったはずだ。

澤村のフランス留学は、結果的に、澤村と奥田の絆を深めた。日仏間の距離があったからこそ、むしろ二人の距離はより近づいたのだった。

第4章　御用記者の逮捕状

（8）

二〇一五年六月上旬のある日、工藤内閣情報官は瀬戸内閣官房副長官の執務室にいた。二人は執務机の前にある応接セットで、テーブルをはさみ、ソファに座っていた。テーブルには、新聞の朝刊が無造作に開かれている。

「日本年金機構、年金加入者の個人情報約一二五万件を流出、業務パソコンに送付されたメールの添付ファイルを安易に開封してウイルスに感染したか……」

「重い肺炎を引き起こすＭＥＲＳコロナウイルスの感染による死者が増え……」

瀬戸副長官は、それらの記事を指さしながら断言する。

「こういう事件が起きないようにできるか、そして不幸にも起きてしまったときに上手に対処できるかどうか、それが国力だ」

普段はクールな瀬戸の声は熱を帯び始め、ヒートアップしていく。

「とにかく、民生党がめちゃくちゃにした、この国の土台を盤石（ばんじゃく）のものにするためには、日本国の守護神たる官邸ポリスを、一日も早く完成させなければならない」

その表情は真剣そのものだ。瀬戸はデスクの背後の壁に張ってある日の丸と旭日章の旗を見上げる。何かを考えているときの癖だ。

「……現政権のうちに、多部総理に権力を集中するとともに、総理の我々に対する信頼度を上げていかなければならない」

工藤が相槌を打つ暇もない。瀬戸の熱弁は続く。

「多部総理は、まだまだ官僚に対しては批判的だ。少なくとも内務官僚は違う、ということを示さなければいけない。役人だろうが、マスコミだろうが、民間人だろうが、うまく我々の味方に付けて活用していく。逆に、逆らう人間は懲らしめて浮かび上がれないようにするのだ」

工藤は、「ですが、仕事柄、我々が味方を増やすのは難しいですけどね」と言うのが精一杯だった。それくらい、この日の瀬戸は思い詰めた表情をしていた。

「官房副長官は、何を思い詰めているのだろう」そう考えながら、工藤情報官は部屋を出た。そうして官邸を後にすると、その足で内閣府本府庁舎に向かった。本府庁舎（旧Ａ棟）は、二〇一四年に内閣府庁舎旧Ｂ棟の跡に建てられた一五階建ての中央合同庁舎第八号館と違い、基本的には一九六二年に建てられたままで、見た目は古い。渡り廊下でつながっている八号館と共通の入館システムを入れ、耐震工事も施されているが、階段を上るときに建物の年輪を感じる。

本府庁舎内の廊下には、至るところに、内閣広報室が差配して各省庁が作成したポスターが張られている。なかには、工藤も無関心ではいられない「拉致（らち）」の文字が鮮やかなポスターもある。それらが目に入るたびに身が引き締まる思いだ。

工藤は運動不足解消も兼ねて、敢えて階段で六階まで上がった。そこには内閣情報調査室の各班がある。

その一番奥、総務班の背後にある資料室の入り口のセキュリティセンサーに掌（てのひら）を近づけた。ピッ、ガシャッと、ロックが外れる。役所のなかでも、特に厳重なシステムだ。警察庁警備局の部屋以上のセキュリティが施されており、内調の職員だからといって自由に出入りすることはできない。

何よりこの部屋には、内調のＩＤカードだけでは入れない。内調でも総務班の一部など、限られた職員だけが入室を許されている。

薄暗い部屋に入っていく。周囲の棚には、過去の週刊誌やＤＶＤだけでなく、いまは懐かしい八ミリフィルムやＶＨＳビデオも保管されている。その奥に、パソコンが整然と置かれたデスクが並んでいた。そこが、まさに官邸ポリス準備室だ。表向きは内調の資料室の作業スペースだが、これが特命チーム、通称「エイワン」の打ち合わせ場所であった。今日はふらっと立ち寄っただけだが、ここに関係者を集めて打ち合わせをすることもある。工藤は、ときおり、ここで一人になって沈思黙考し、気持ちを新たにしていた。

——内務省を実質的に復活させ、真に強い日本を作るのだ、と。

その翌日、珍しく業務が落ち着いていた工藤は、昼飯に何を食べようか、などと考えていた。そのときスマホが鳴った。液晶画面には「山本記者」と表示されている。それを確認して、通話ボタンを押した。

「山本さん、こんな時間に珍しいですね。どうかなされました？」

工藤が聞くと、その声にかぶせるように、切羽詰まった山本の声が聞こえた。

「工藤さん、助けてください！　実は厄介なことに巻き込まれていまして……恥ずかしくて、いまのいままで相談できなかったのですが、私は逮捕されるかもしれません……」

声の主は、多部総理や須田官房長官にも近い、東日本テレビ元ニューヨーク支局長の山本巧記者である。内閣情報調査室のトップとして情報を収集することを任務とする工藤にとって、米国や北朝鮮の情勢について情報をもたらしてくれる山本は、大事な存在であった。

しかし、彼が自社で記事化できなかった北朝鮮の金正恩委員長のスキャンダルを、署名入り原稿として週刊誌で発表したことによって、支局長の任を解かれていた。まさに、翌年の米国大統領選に向けて密に情報交換していこうとしていた矢先に、である。

そういう山本に果たしてどこまで価値があるだろうか、と自問しながら、工藤は経緯を聞いた。山本は慌てたように一気にまくしたてる。

「ある女性と合意のうえに関係を持ったのですが、最近、関係がこじれてしまいまして、彼女が私に強姦(ごうかん)されたとして警視庁に告訴したらしいのです」

倫理意識の強い工藤は、内心、そんな痴話喧嘩くらいで電話をするな、と思った。もし事実なら、そんな輩(やから)は罰せられればいい。しかし、総理の盟友を無碍(むげ)にするわけにもいかない。

「状況がよく分かりませんので、現時点では何とも申し上げられません。もちろん、いわゆる事件のもみ消しなど、当然できませんが、少々お時間をください」

そう答えて、電話を切った。

山本は自分にとって大事な情報源ではあるし、総理や官房長官にも近い。念のため、瀬戸官房副長官に電話して、山本記者の話を伝えた。

すると瀬戸は、存外、冷静である。

「ニューヨーク支局長の任を解かれたのも、週刊誌の件ではなく、その件が原因かもしれないな。ならば東日本テレビも、ある程度、事実をつかんでいるかもしれない。警視庁の広報課長、いまは根本輝男君だったか？　彼に探らせてみたらどうだ」

　瀬戸は、そうそう、と言って続けた。

「山本は、言ってみれば総理を宣伝する本の出版も計画しているらしい。その山本を助けられれば、ことによると官僚嫌いの多部総理も、内務官僚だけは評価してくれるかもしれない。山本みたいな人間でも、政権の広報マンとして使えるなら助けてやれ。しかし、言わずもがなだが、くれぐれも違法なことはするな。黒を白にするような無茶もダメだ」

　前日に瀬戸が述べた官邸ポリスへの熱い言葉を思い出した。工藤は気を引き締めて、「了解いたしました」とだけ答えて電話を切った。しばし目を閉じて、右の拳を額に当てる。しかし、自問自答する時間は短かった。おもむろにデスクの電話の受話器を握ると、官邸ポリスメンバー、警視庁刑事部長の野村覚に電話をかけた。

　警視庁刑事部長の階級は警視長。小規模な県警の本部長クラスである。

「東日本テレビの山本記者、この前までニューヨーク支局長だった人物だが、俺も世話になっている。彼が、強姦で逮捕されるかもしれない、と言って電話してきた。何か聞いているか？」

　野村は、工藤のただならぬ口調に少し焦りながら答えた。

「いいえ……警視庁に、ですか？　どこの署か聞いていますか？」

野村は、内心、忸怩たるものがあった。そんなことは聞いていない、その種の情報は、すべて俺のところに上がってくるはずじゃないか……と。

野村の動揺を感じた工藤は、彼が無茶をしないよう告げる。

「いや、本人は、警視庁に告訴され逮捕されるかもしれない、としか言わない。いま山本は総理に関する本を執筆しているので、正直、逮捕は避けられるなら避けたいのだが……」

野村は、すぐに落ち着きを取り戻した。官僚中の官僚なのである。

「了解いたしました。何か分かれば、適宜対処し、連絡いたします。失礼いたします」

電話を切ると、野村は、捜査一課ではなく、後輩の根本広報課長に聞くことにした。

（捜査一課が直接捜査している事案は、当然、報告が上がってくるはずだ、自分が知らないということは、どこかの署の事案だということ。現時点で、特定の事件について確認したら余計に目立ってしまうので、自分の配下たる捜査一課よりも広報課に聞いたほうがいい）

そう、咄嗟に判断したのである。野村は、デスクの受話器を取り上げると、広報課長の番号を押した。

広報課長室にいた根本輝男は、液晶画面の「刑事部長」という文字に緊張するのを感じ、深呼吸しながら受話器を取った。

　広報課長の階級は警視正、刑事部長の一つ下である。階級の差は一つながら、約一〇年も年次が違うと、警察キャリアの世界では雲の上の大先輩である。ノンキャリアの人間から見ると、キャリア同士、フランクな関係に見える場合もあるが、よほど図々しい奴でない限り、大先輩相手には緊張する。

「はい、根本です。お疲れ様です」と、硬い声で応答する根本の耳に、淡々とした野村の声が響いてきた。

「お疲れ。ちょっと聞きたいんだが、有名人の逮捕事案は、事前に広報課に連絡が入ることになってたよな？」

　根本は言葉の意味が理解できず、少し考えてから答えた。

「はい、各警察署の副署長から次席あてに電話してもらうことになっていますが……何かありましたか？　最近では、特に有名人で思い当たる事案はありませんが」

「そうか、ありがとう。刑事部でも事件をすべて把握し切れないので、今後とも情報共有をよろしくな」

　それだけ言って、野村は電話を切った。

　野村は、本当は山本記者の名前を出したかった。しかし具体的に実名を挙げると、広報課が気を利かせて情報収集を行い、報道係から記者クラブに抜けるかもしれない。それを避けたかったのだ。

根本は、「いったい何の電話だったのだろう?」と思いながらも、次から次へと電話が鳴り続け、部下が決裁を取りに来るなか、いつか忘れてしまった。

(9)

しかし翌日の昼前、根本は、この電話の意味を知ることとなる。

警視庁広報課は、あくまで警視庁管内、つまり東京都内の警察業務に関する広報を取り仕切る。そして、都内の事件・事故に関する報道の調整を行う。新聞社やテレビ局等マスコミ各社の本社が東京にあるため、警視庁には三つの記者クラブに計一七社も加盟している。それに対して報道係が、三班二四時間交代で対応している。また、雑誌係は都内に本社を置く出版社を担当する。このように、他道府県の警察の広報課に比べ、圧倒的に規模が大きい。

ちなみに広報課には、我が国屈指のドリルチームのある音楽隊や警察博物館も所属しており、文字通り警視庁の広報全般を受け持つ。

コンコンと課長室のドアがノックされた。

「課長、いま少々よろしいですか？」と広報課次席の声が聞こえた。

「どうぞ」と根本が答えると、次席が課長室に入ってきた。

広報課次席は、広報課のナンバー2（ツー）として、庶務だけでなく報道も担当する管理官であり、都内一〇二警察署の副署長らとマスコミ報道に関する調整等を一手に担っている。広報課長の席は、将来の警視総監候補たるキャリアの指定ポストになっているので、次席は広報課におけるノンキャリアトップ。階級は警視である。

「こちらへ」と根本が次席を手招きする。デスクの前のソファに座らせた。

次席は、座るや否（いな）や報告した。

「いま、品川中央署の副署長から電話がありました。東日本テレビの山本という記者を、成田空港で逮捕する予定、とのことです」

そこまで一気に言うと、次席は少し表情を和（やわ）らげた。

「先だっての副署長研修で、社会的に耳目（じもく）を集める可能性のある逮捕事案は事前に一報を、と課長に言っていただいたお陰です。早速、効果が出てきました。どう対応いたしましょうか？　報道担当係長を呼びますか？」

ここで根本は、初めて昨日の野村刑事部長からの電話を思い出した。

（ああ、このことだったのか……山本、あのテレビでも見かける人か……確か、総理にも近い人じゃなかったかな？）

どこから見ても動転している根本は、次席に告げる。

「千葉県警との連携も視野に入れなければなりませんが、マスコミ関係者だと総監の耳にも入れておいたほうがいいでしょう。その前に確認しておきたいことがありますので、少し待ってもらえませんか？」

次席は、ちょっと不審そうな顔をしている。

「はい、了解いたしました。ただ、山本が帰国次第、逮捕ということなので、そう時間もないと思いますが」

次席はそれ以上の意見は言わず、「ご指示をお待ちしております」とだけ言い残して広報課長室を出た。

それを待っていたかのように、根本広報課長はソファから立ち上がった。大きなガラス窓の向こうに見える法務省の赤れんが棟を見ながら、考えを整理している。一分ほどして、刑事部長のデスクに電話をした。

すると、広報課長からの電話は繋げと言ってあったのか、野村刑事部長本人が出た。

「おお、君か。どうした、昨日俺が言ったことと関係があるのか？　何か入ったのなら教えてくれ」

根本は刑事部長の切迫した雰囲気を察し、警戒しながら答える。

「……それかどうかは分かりませんが、実は、いましがた、品川中央署から連絡がありました」

「どんな案件だ？」と、詰問調で野村が聞く。

根本は、一層、緊張する。が、自分にはまったく責任がないことに気付いた。

「東日本テレビの山本という記者を逮捕する予定、とのことです。昨日、部長が気にしてらしたのは、この件ですか？」

そうだ、と答えたあと、野村の声から心なしか力が失せた。

「……まあ、逮捕状は、警察署長が決裁すれば請求できるから、俺が知らなくても何も不思議はない。そもそも全部の報告が上がってきたら大変だしな」

野村は、そう言って平静を装った。しかし内心は違う。

（くそっ、もう令状請求も終わっていたのか。有名人を捜査しているなら、せめて事前に捜査一課に上げろ。ましてや逮捕するとなると、一大事なのだから……）

野村は、品川中央署に対し、怒りにも似た感情を抱いた。だから「で、いつなんだ？」と、突っ慳貪に聞いた。根本は一瞬、息を呑んだ。何が起こっているのだ。

「……山本が成田に着き次第、逮捕予定とのことで、既に捜査員が空港に着いている時間です」

根本の答えを聞くや否や、野村が吠えた。

「な、なんだ、それは！　今日ってことなのか？　総監室に一緒に行ってくれ！」

刑事部長に言われなくても、念のため、この話を警視総監の耳に入れようと思っていた根本は、すぐに総監秘書に電話をした。

警視庁広報課長は、警察庁から来ている課長のなかでは年次的には決して高くない。しかし、危機管理対応の警視総監秘書でもあるため、総監室に飛び込む権限が与えられた存在であった。もちろん今回は、刑事部長が一緒ではあったが……。

直通のエレベータで総監室に行くことはできない。根本は階段を駆け上がり、一一階の総監室に向かった。そうして総監室に着くと、秘書が「もう刑事部長は入られてます」と、総監室への入室を促した。

やはり直通で一一階に行けないのは不便だ、と思いながら、根本は総監室の扉を開けた。すると、だだっ広い総監室の中央にあるソファで、高田健介（たかだけんすけ）総監に対し、野村刑事部長が説明を始めるところだった。

山本という記者は政治部系であるため、広報課が記者クラブを担当しているとはいえ、これまで根本は仕事上で関係したことがない。テレビで見たことがあるかな、程度の認識だった。刑事部長が出張るほどの重大な事案なのかと、正直、狐につままれたような気がしている。しかし、野村が、工藤情報官から電話が入った旨を総監に説明するのを聞き、本件の重大性を悟った。

野村に促され、根本が品川中央署から知らされた内容を伝えると、高田総監は頭を抱えた。「なんで、令状請求の前に報告がなかったんだ？」と、苦々しく呟く。

それを受けて、野村刑事部長が品川中央署を庇う。

「山本がそこまでの重要人物だという認識がなかったのだと思います。かくいう私も、知りませんでしたから……しかしながら、工藤情報官が電話してくるほどなのですから、内調にとっても官邸にとっても、重要な人物なのでしょう」

うーん、と唸ったあと、高田は達観したような表情になった。

「だからと言って、いまさらどうしようもないだろう。それなりに証拠が揃っているから、逮捕状も出たのだろう？」

すると野村刑事部長は、役人中の役人らしく、高田総監より年次が一つ上の工藤情報官の気持ちを代弁する。

「はい、だと思いますが、もし山本がクロだとしても、逮捕の必要性については、議論の余地があるかと」

しかし前警察庁刑事局長の警視総監は、「そもそも逮捕の必要性が認められたから逮捕状が出たんだろ？」と繰り返す。この台詞を聞いた野村は、「こんなふうに融通が利かないから、官邸ポリスのメンバーに入れなかったんだよな」と、心のなかで小さく笑った。そして、こう伝える。

「総監、違法なことはいたしませんし、黒を白にするようなこともしませんので、私に任せていただけませんか？」

うん、と頷いた高田総監は、そういえばと呟いて、マスコミの現状を嘆いた。

「東日本テレビと言えば、テレビ朝日、そして朝日新聞や東京新聞ほどではないが、報道姿勢が左翼的だな。無意味に反体制的なところがある。ただ、山本記者は多部総理に近い人物だ……頼んだぞ、野村君」

総監室を出るとき、根本広報課長は胸騒ぎがした。すると野村が低い声を発した。

「逮捕はさせない」

野村刑事部長は、今度は階段を駆け下りて、自室に向かった。秘書が何か伝えようとするのを手で制し、自室に入る。すぐに品川中央警察署長に電話した。

緊張気味な声が響いてきた。

「お疲れ様です。刑事部長が直々に、何事ですか？」

野村は、「東日本テレビの山本を逮捕するとか」と声にした。瞬間、相手が防御壁を構築したことを感じ取った。

「……よくご存じで。既に捜査員を成田空港に派遣しております。間もなく到着すると思いますが」

野村刑事部長は、少しきつい口調になる。

「よくご存じで、はないんじゃないですか？　重要事件については、本部も交えて検討することになっていますよね？」

現場の苦労を知っている署長も、なかなかの食わせ者だ。

「いえいえ、単なるマメ事案ですよ。でも、一応、捜査一課には報告していますよ」

野村は、一瞬、不意を突かれた。

「えっ？　一課が俺に報告していなかっただけですか？」

野村は頭のなかを整理する。そうだ、住所、氏名、事件名だけの報告だったら、一課は事の重大性に気付かなかったかもしれない。ここは断固たる意志を伝えなければならない。

「……そうですか、それは失礼しました。ただ、逮捕状は執行しないでください」

署長は耳を疑った。一度出た逮捕状を執行しないなど、聞いたことがない。「いま、何とおっしゃいました？」と質すしかない。しかし野村は凛とした声で言い放つ。

「逮捕状は、絶対に執行しないでください」

「どういう意味ですか？」と、署長が抵抗する。野村は既に冷静な声に戻っている。

「意味も何も、文字通り、逮捕状を使わないでください、ということです。釈迦に説法ですが、捜査は、任意が原則です。山本は有名人であり、逃走の恐れはありません。そして、いまさら証拠隠滅の恐れもなさそうです。逮捕しなくとも、任意で話を聞けばいいでしょう」

署長はまだ諦めない。

「ただ、マメは逮捕するのが通常じゃないですか。それに山本は、被害者の女性に、介抱しただけで合意のうえだ、という趣旨のメールを送っています。これは口封じ、つまり証拠隠滅に当たるでしょう。そもそも捜査員が捜査を積み重ねて取った逮捕状を執行しないなんて、少なくとも私は経験したことがない。これは命令ですか？」

しかし、野村は冷徹に言い放つ。

「そう理解していただいても結構です。何も、彼の事件をもみ消せと言っているわけではありません。有名人物である山本については、マスコミからの反響も大きい。その捜査については特に慎重に進めるべきであり、原則に従って任意にすべきだ、と申し上げているだけです。その辺を誤解しないでください。ちなみに、政府レベルでの重要人物であることも申し添えておきます。ご斟酌くださ い」

野村は署長の返事も聞かずに、ここで受話器を置いた。

品川中央警察の署長室では、刑事課長が署長に嚙みついていた。

「我々の努力を無にしろ、ということですか？　被害者の立場に立って鋭意、捜査してきて、やっと札を取った。いよいよ逮捕、というときに、何なんですか？　そんな命令、聞いたことがありません。国がどうの、政府がどうの、なんて関係ありません。被害者の代わりに被疑者をお白洲に引っ張っていくのが我々の仕事ですよ！」

署長は刑事課長をなだめるしかない。

「そんなことは分かっているよ。私だって同じ気持ちだ。だが、我々には理解できない高次元の話もあるらしい。何も、事件をなかったことにしろ、と言っているわけじゃない。山本の逮捕自体、我々が想像する以上のインパクトがあるらしい。そこで捜査の原則に戻って、任意で捜査を完遂し、送検してほしい。そういうことだ」

刑事課長は、まだ何か言おうとしたが、苦渋の表情を見せる署長の思いを感じ取って、

「分かりました」とだけ言って刑事課の部屋に戻った。冷めたコーヒーを一気に飲み干す。

それから現場の班長の携帯電話を鳴らした。

「お疲れさん、どうだ？　タマは、もうすぐ戻ってくるんだよな？」

「はい、いよいよです。こちらは特に問題ありませんが、どうかされましたか？」

しばらく逡巡（しゅんじゅん）していたが、刑事課長は「今日のところは、引き揚げてきてくれ」と、思い切って告げた。緊迫したやり取りが続いた。

「なぜですか？　もうすぐ、タマは戻ってきますよ！」

「あとでゆっくり説明する。今日は逮捕状を執行せず、全員、戻ってきてくれ」

「タマに飛ばれたら、どうするんですか！」

「それは、本庁の刑事部長殿が責任を取ってくれるんだろう」

「どういう意味ですか？」

「とにかく、今日のところは、俺の言うとおりにしてくれ」

班長は、刑事課長の人柄をよく知っている。この男が、どれだけ現場で場数を踏んできたかも心得ている。「了解しました」と力なく返すしかなかった。

そうこうするうちに、山本が成田空港に着いた。写真で何度も頭に叩き込んだ顔が、目の前を通り過ぎる。捜査員たちは唇を噛みしめながら、その後ろ姿を見送った。全員が涙を流しながら帰途に就いた。

その夜、山本から工藤の携帯電話に連絡が入った。

「お陰さまで、手錠を掛けられないで済みました。ありがとうございました……」

涙声の山本に、工藤は、何でもないことですよ、と告げる。

「任意捜査の原則に従っただけですから。ただ、山本さんの容疑が晴れたわけではないですから、居場所は常に明らかにしておいてください。そうでないと、逮捕状が執行されるかもしれません」

話しながら工藤は、現場の警察官の気持ちに思いを馳せ、携帯を持つ手に力を入れた。うんざりするが、大事なことを思い出した。

「それと、被害者とされる女性に連絡をとることは、絶対にしないでください。被害者を威迫して、証拠を隠滅しようとしている、と取られかねませんので。これも逮捕状の執行につながります。そして、品川中央署から出頭要請があれば素直に従って、取り調べに付き合ってください」

山本が何か答えていたが、工藤は構わずに電話を切った。自分は警察官なのだ、と心の底から思った。すぐに瀬戸に電話して、事の次第を報告する。瀬戸も安心したようだ。

「とりあえず良かった。検察庁には、もうすぐ官邸に近い大物記者が送検されるけど、被害者の言い分と食い違いが多いので、証拠をきっちり吟味(ぎんみ)してほしいと伝えておいたよ……もっとも我々ができるのはここまでだ。総理には、俺から耳打ちしておく。まあ、総理に恩を売るには十分なケースだったろう」

こうして品川中央署で取り調べを受け、後に書類送検された山本は、東京地検でも取り調べを受けたが、結局、嫌疑不十分で不起訴処分となった。

(10)

ちょうど山本が書類送検されたころにフランスから帰国していた澤村は、人事課付き警視となり、しばらく警察庁に残ることとなった。どこかの県警に捜査二課長か何かで赴任できると思っていたのだが、人事課長の「君にはちゃんといいポストを考えているから」という言葉を信じた。

既に二〇一六年度の入庁が内々定している大学生の相手をしなければならない。また、全国での拳銃使用事案にも対応していた。一般にはあまり知られていないが、「拳銃の使用」に関する指導は人事課の担当なのだ。

指導の根拠法令として、「警察官等けん銃使用及び取扱い規範」という国家公安委員会規則があり、そこに、拳銃が使用できる場合、携帯が許される場合、その方法、保管の仕方等が事細かに規定されている。ちなみに拳銃は、警察官個人に貸与されているものであり、「使用」には、「取り出しておくこと」や「構えること」も含まれる。さらに、拳銃を撃ったときには、詳細な報告義務が課されている。

以前に比べたら、使用基準が緩和されたとはいえ、その報告義務が頭をよぎり、咄嗟に使用を躊躇する、という声も聞く。海外に比べると警察官の拳銃の使用は格段に少ないが、全国四七都道府県警察の事案の報告を受けるので、時折バタバタするのだ。

特に、路上で刃物を振り回したり交番を襲撃してきた悪漢に対峙した警察官や、暴走車を止めようとした警察官が、やむなく拳銃を使用しても、マスコミは「警官発砲」とセンセーショナルな見出しで報道する。もともとマスコミ嫌いな澤村は、警察官の拳銃使用に関する業務が忙しくなるたび、さらにマスコミ嫌いになっていく。

その日も少し憂鬱な気持ちで出勤した。当然のことながら、霞が関にある役所のなかでも警察庁のセキュリティは最も厳しくなっており、合同庁舎二号館のセキュリティゲートを抜けただけでは、自分の部屋に行けない。二階までエスカレーターで上がると、今度は警察庁に入るための二度目のセキュリティゲートを抜けることになる。

澤村と朝の挨拶を交わす警備員は、いつもは笑顔で明るい澤村の挨拶の声がくぐもっているのに気付き、少し心配そうな顔をした。澤村は、その日も、記者からのくだらない問い合わせに対応するための資料作りに追われた。

その晩、奥田麗は、珍しく二日連続で澤村に電話をしてきた。もしかしたら、昨晩、電話で話した際、澤村が少し苛立っているのに気付いたのかもしれない。山本の事件に関して東京地検が捜査を開始して間もなくの、二〇一五年九月中旬のことだ。夜勤明けの彼女を自宅に招くことになった。

その日、澤村は、いつも通り警察庁の入る中央合同庁舎第二号館の隣、渡り廊下でつながっている国土交通省の建物にある食堂で食事を済ませた。奥田は午後一〇時過ぎに元麻布のマンションに到着した。

1LDKの澤村の部屋はマンションの三階にあり、アニメ「美少女戦士セーラームーン」の聖地としても有名な麻布氷川神社の神木であるクスノキや戦災イチョウを借景している。リビングには自慢の欅一枚板のローテーブルが、中央にでんと鎮座している。その上に盛大に広げられた生ハム、サラミソーセージ、チーズ、ナッツ、クラッカーなどをつまみながら、赤ワインで乾杯した。「シャトー・ラトゥール」の二〇〇七年もの、フランスでも三〇〇ユーロ以上した逸品だ。

瀬戸に影響されて、いつもは贅沢を避ける澤村だが、奥田麗の前だと少し豪勢に振る舞ってしまう。たまにはいいだろう、とは思っているのだが。

奥田が澤村の肩にしなだれかかる。心配そうな声を出した。

「昨日の夜に電話したとき、なにか声に元気がなかったので、心配だったわ。どうかしたの？」

澤村は、グラスのワインの香りを楽しむのを止めて、グッと飲み干した。

「……千葉で人を襲った紀州犬を、警察官が射殺した事件があっただろう？」

奥田はコクリと頷く。澤村は苦々しそうに言う。

「誰が見たって、正当な行為なのに、マスコミは騒ぐ。一三発も撃つ必要があったのか？なんてね。ネットの書き込みも結構ある。そのお陰でバタバタなのさ」

奥田は澤村の瞳をじっと見つめる。その先を促しているのだ。

「こんなこと言ったら語弊があるけど、警察官だって、実は怖いんだ。俺も、まさに千葉県警にお世話になってたとき、傷害事件の現場に居合わせた。大暴れしている相手に対し、冷静さを失ってしまった。さすがに拳銃は使わなかったけれどね。ましてや今回の相手は、既に人を襲った凶暴な犬だ。一体どうしろっていうのだろう。何もせず、さらに被害が出ていたら、それはそれでマスコミは……」

奥田の視線に気付き、澤村はマスコミ批判をストップした。

「……すまん、自分のことばっかりグチって。麗も、最近、忙しいんだよね？」

奥田の表情が少し曇った。視線を逸らしながら言う。

「実はいま、例の山本記者と多部総理の関係を調べろ、って言われているの。こんな話、貴方にも黙っていようと思ったんだけど……」

個人としても、奥田麗は、事件に興味を持っていた。被害者の年齢も自分に近い。

「あんなゲス野郎なんて、逮捕してしまえばいいのに……なぜ、警察は放置するの？」

澤村は奥田の感情を刺激しないよう、丁寧に説明した。

「当時、日本にいなかったから、事実関係はよく知らない。だけど、捜査は任意が原則だし、警察としてはきちんと送検した。そうして検察庁が長い時間かけて証拠調べをしている。法治国家の見本とも言えるケースなんだよ」

しかし奥田は食い下がってくる。

「そもそも、捜査に圧力をかけたと言われる刑事部長って、そんなに偉いわけ？　キャリアの横暴じゃないのかしら」

自分もキャリアである澤村は、言い訳がましく説明した。

「偉いかどうか……刑事部長の階級は、総監を除いてトップの警視監が近い警視長だから、相当に偉いよ。中小県の県警本部長クラスだからね。警視庁のたたき上げ刑事の憧れのポストである捜査一課長が警視正、その上司に当たる」

「でも、そんなキャリアは現場を知らない、とよく言われるじゃない？」と納得できない奥田にワインを注いでやりながら、澤村はやはり弁解口調で続ける。

「うーん、事件を潰したわけじゃないからなあ。慎重に捜査せよ、と言っただけなんだ。品川中央署が安易に逮捕状を請求しちゃったという可能性も捨てきれないよ」

奥田麗の瞳の奥に、また例の炎が見える。澤村は彼女を宥（なだ）めようと肩に手を回したが、その手を軽く払われてしまった。

「でも、山本って、女の敵じゃない。女を酔い潰して、行為に及ぶなんて、私は絶対に許せない。そもそも、こいつ、女性記者仲間でも評判が悪かったみたい、女癖が悪いって。なんか日本テレビにも同じようなのがいるみたいだけど……」

取り付く島もなかった。

被害者は、結局、世論を醸成してから、東京地検の判断を不服として「検察審査会」に審査を申し立てた。検察審査会とは、検察庁が起訴しなかった事案の是非を、クジで選ばれた一般の国民が審査する制度によるもの。だが、そこでも不起訴相当と判断された。被害者は、これも不服として、その後、民事訴訟を起こすことになる。

野村覚は、その後、警察庁組織犯罪対策部長に昇進した。階級も警視監になっていた。週刊誌の取材に対しては、官邸への忖度(そんたく)は完全否定したものの、自分の判断と指示で逮捕状を執行させなかったことは認めざるを得なかった。

野村は、自分がすべてを被(かぶ)り、総理の威信を守った。延(ひ)いては、瀬戸副長官や工藤情報官だけでなく、現場をも守った。すっかりヒール役として世間に認識されることになった野村だが、官邸ポリスのなかでの地位は、何段階も上がったと言える。

第5章　夜の街を彷徨う事務次官

（11）

二〇一六年も桜の時期を迎えていた。内閣官房副長官の瀬戸弘和は、総理官邸の五階にある執務室に工藤茂雄内閣情報官を呼んだ。

「文科省の前田裕兵を知っているよな」と瀬戸。「もちろんです。私より一つ年次が上で、早くから次官候補として名前が挙がり、同期のトップを走ってきた人です」と工藤は即座に答えた。

瀬戸は内閣人事局長を兼任しているから、当然、文科省の事務次官人事にも関わっている。工藤は瀬戸の言葉に、何か含むものを感じた。

前田は、開成中学・高校、東京大学出の超エリート。入省直後から将来の事務次官と目され、その後、姉が有力国会議員に嫁ぎ、自ら大臣秘書官を務めるなど、国会議員との太いパイプを持つことも知られている。前田の事務次官就任は既定路線のはずだが、瀬戸のなかに何か懸念があるのだろうか。工藤は瀬戸の次の言葉を待った。

するとこ「他に知っていることは？」と聞かれたので、反射的に答える。

「……そうですね、確か、歯に衣着せぬ物言いで有名だとか。よく言えば親分肌、でも自分に逆らう人間には厳しいという評もあります。そう言えば、かつて義務教育の国費負担分の引き下げを、ブログで批判したりしていましたね」

そうだ、と答えたあと、瀬戸は六年前の苦々しい思い出を回顧した。

（……確かに、ある意味、気骨のある人間ではある。文科省には珍しい。しかし、自分を曲げないということは、反乱分子になる危険性も高いということだ。方向性が誤っていると大問題を起こす）

前田が官房総括審議官だったときのことだ。朝鮮高校の授業料無償化の陳情に対し、こう語っている。

「適用可否がはっきりしない状態が続き、生徒たちを不安な気持ちにさせて申し訳ないと思っています。生徒たちの力で、こんなに多くの署名を集めたことを評価したい。日本人にも理解が広がっているということは良いことでしょう。生徒たちの気持ちと署名は、必ず文科大臣に伝えます」

瀬戸はイライラしているように見えた。すると、吐き出すように言った。

「あの暗黒の、いや真っ赤な民生党政権時とはいえ、総括審議官の前田が、朝鮮学校の無償化問題で反対を表明することなく、むしろ片棒を担いだ。民自党が政権を取り戻したあとも、覆そうと思えば覆せたのに放っておいた。一見ぶれてないし、ある意味、たいしたものだ。しかし、君が代を斉唱しないような学校の無償化に加担するなんて、あり得ない。明らかに国賊だ」

瀬戸は自分のデスクの背後に張られている日の丸の旗を見つめながら、絞り出すように言葉をつなげる。

「実は、昨年の九月、平和安全法制が参議院で成立した際にも、国会前でシールズが主催した反対派集会に参加したという情報もある。これは裏が取れていないが、もし事実だとしたら、省庁のトップとしては言語道断だ」

瀬戸が呼吸を整えている。官邸ポリスのトップの顔になった。そうして工藤に指令を下す。

「……前田には他にライバルがいないので、事務次官にするしかない。が、ああいう自分に酔ったタイプは、絶対に何かやらかすはずだ。今日から、しっかり行確しておいてくれ」

「行確」とは、「行動確認」の略である。警察官同士の会話でよく使われる隠語である。工藤が「了解いたしました。いつものところを使ってよろしいですか?」と聞いたとき、瀬戸は既に書類に目を落としていた。

「やり方は任せる」

工藤は、「適宜報告させていただきます」とだけ言い残して、官房副長官室を出た。

工藤は、今後の段取りをイメージした。内閣情報調査室の国内担当を仕切る参事官で、官邸ポリスのメンバーでもある岩本達也に電話することにした。

岩本参事官は、工藤と同じ警察庁出身の四五歳。警備局から出向してきてまだ一年しか経っていないが、そのセンスは内調のなかでも抜きん出ていた。工藤より一四年後輩で、今後、警察庁でも出世が期待されている人物だ。

岩本は、すぐに飛んできた。直属の部下だから、工藤のところに来ても、誰も怪しまない。工藤はソファに座るよう促す。

「文科省の前田文部科学審議官の行確をしてほしい。いつものところを使ってもいいぞ」

勘のいい岩本が聞く。

「次期事務次官の身体検査ということでしょうか？」

この男を騙せるわけがないことなど、工藤は十分に承知している。

「まあ、そういうことだ。特に変な団体や人物との接触がないか確認してくれ」

岩本は「了解いたしました」と言うと、電光石火のごとく部屋を出ていった。

「あいつはいつも気持ちがいいな」と、工藤は目を細めた。

岩本は、早速、NCリサーチに電話した。そして、「はい、NCリサーチです」という社長の陣内の声を確認すると、「いまから寄りますよ」と、強引に迫った。いつものことだ。陣内も慣れたものである。

岩本がタクシーで内幸町にあるNCリサーチに到着し、インターフォンを鳴らすと、磨りガラスのドアを引いて、陣内自らが温かく迎えてくれた。

いつも通り、人気のない事務所に入る。来客者から見えるところで調査員が待機したり、作業したりすることはない。なぜならその客も、別件で尾行対象になる可能性があるからだ。

事務所の壁は白く、ファイルが収められたロッカーが、銀色に光りながら部屋を取り巻いているため、冷たい印象を受ける。テーブルにはパソコンが置かれているだけだ。一見、IT企業のサテライトオフィスにも見える。

そのテーブルを挟んで、陣内と相対した岩本は、単刀直入に切り出した。

「また現役官僚の行確をお願いしたいのですが。マルタイは文科省の前田裕兵審議官です」

マルタイとは、「対象者」のことだ。ちなみに、警護対象もマルタイと呼ぶことがある。

陣内は「お安い御用です」と言って請け負い、「官僚は、まさか自分に尾行が付いているなんて思っていませんから、楽なもんですよ」と付け加えた。

「どのくらいやりますか？」という問いには、岩本は「当面、三週間やっていただいて、適宜報告いただけますか？」と答え、にこやかな笑顔を作ってから注文を付ける。

「では、いつも通り、一応、書類をお願いできますか？　探偵業法違反で警視庁に捕まりたくないのでね」

そう、いたずらっ子のように言ってから、すぐに事務所を出て行った。


翌日の昼、陣内に呼ばれた調査員の小西佳子（こにしけいこ）と梅田直人（うめだなおと）がＮＣリサーチの会議室に集合した。尾行は、通常、二人一組で行う。特に、どこに行くか事前情報がないマルタイを尾行するときは、住宅街や繁華街でも徒歩で尾行しても不自然にならないよう、できれば男女の組み合わせが望ましい。

小西も梅田も警視庁のＯＧやＯＢだ。それぞれ家の事情で辞めたのだが、小西が三五歳、梅田が三三歳と、まだ若い。男女のカップルを装うには最適だ。陣内から前田の写真を渡され、官用車や自宅等の情報も聞いた。

「Ｖ（ビデオ＝動画）を忘れるなよ」との指示も受ける。

小西と梅田は簡単に打ち合わせたあと、早速、張ることにした。運転担当の鈴木悟志と簡単な打ち合わせを行う。そうして午後六時に、霞が関の文科省に近い虎ノ門駅に向かい、日土地ビルの前で待ち合わせることにした。

三人は予定通り、午後六時に集合した。もうすぐ日の沈む時間だが、まだ肉眼で人の顔がかろうじて確認できる。通常は、マルタイが電車を使うのか官用車を使うのか分からないので、二手に分かれて張るのだが、今回は、前田が官用車を使うことは事前に確認済みだったので、楽だった。

以前は、官用車の運転手も国家公務員であった。が、技能労務系の国家公務員の一律削減で、国費で買った官用車を派遣のドライバーが運転するという異常事態となった。これが現在の日本だ。密室であるべき官用車のなかで国家機密を話せないという真実を、どれだけの国民が知っているであろうか。

このことを、官房副長官の瀬戸もつねづね嘆いている。しかし、NCリサーチの陣内らにとっては好都合だった。民間人のほうが買収しやすいからだ。といっても、密告をお願いするわけではない。お出かけ情報について一報欲しい、と言うだけである。おそらく尾けてくるのだろうと思っても、派遣ドライバーが困ることは何もない。

NCリサーチの運転担当者、鈴木は、事前に車種とナンバーを確認している官用車をしっかり追うだけでいい。梅田と小西は、鈴木が運転する黒のアルファードから、文科省の駐車場出口を見張っていた。

午後六時一五分を過ぎたころ、文科省の駐車場から、前田審議官の乗った黒のクラウンがゆっくり出てきた。その車が文科省と財務省のあいだの坂を上がっていくのを確認して、アルファードが後を追った。もちろん、あいだには一台の車を挟んでいる。

クラウンは、坂の上で六本木通りを左折する。そして、内閣府下の交差点で信号待ちをしたあと、そのまま坂を下りていき、右折レーンに入っていった。

右折後、二台の車は、混雑し始めた外堀通りを進み、交差点を一つ抜け、山王下(さんのうした)交差点を左折、赤坂通りに入っていった。そして、二本目の通りを左折し、しばらく行ったところでクラウンは停まった。

アルファードは、その手前で停まった。通常は、追い越して前方で停まるのだが、そこは中央線もあるほど広い道であり、また駐車場がいくつかあったので、手前で停まっても不自然ではなかった。

小西が車を降り、前田の行き先を目で追った。気付くと、既に横には梅田がいる。そうして、クラウンが停まった場所の横は駐車場なのに変だな、と思っていると、前方に歩みを進める前田が見えた。どうやら、目当ての店の前には別の車が停まっていたので、手前で降りたようだ。

その車を降りた先客が前田に手を上げて挨拶している。今日の会合相手であろうか。仲間内での宴会のように見える。接待ではなさそうだ。

すると前田は、手を上げた同年代の男性と親しげに話しながら、左折して小道に入っていった。当初、目当ては「たい家」かと思ったが、手前の「樓外樓飯店」、高級中華の店に入っていく。個室もあるため密会でも用いられる店だが、その後も前田と同年代の男性ばかりが店に吸い込まれていった。

小西と梅田は、アルファードのなかに戻り、その光景を赤外線レンズの入ったビデオカメラで確認していた。このあたりで運転手が車のなかで待機するのは普通の光景なので、二人で立っているよりは目立たなくていい。張り込み場所によって、当然、やり方は変わってくる。これは陣内の口癖だ。

会は午後六時三〇分開始だったのだろうか、四〇分以降は人の出入りが止まった。この店には特に協力者もいないので、深入りは禁物だ。にもかかわらず、梅田は何か思いついたのか、車を降りて一人で店に入っていった。

すると入り口で、若い女性店員が「ご予約の方ですか？」と近付いてくる。

「いえ、今度、ここで宴会をしてみたいと思いまして、メニューなどいただけたら……」と梅田。「ありがとうございます、少々お待ちください」と言って、店員は戻っていった。

その間、周りをキョロキョロと窺（うかが）っていると、案内板の表示が見えた。

「開成高校有志同窓会」――そうか、道理で同年代の男性ばっかりだったわけだ。

女性店員が持ってきてくれたメニューを「ありがとうございます」と言って受け取り、梅田はそそくさと店を後にした。

小西と合流すると、梅田は「同窓会のようでした」と、残念そうに言う。小西は「初日からビンゴじゃ、むしろ怖いわよ」と笑った。

しばらく待機。すると午後八時三〇分過ぎ、前田が同窓生らと一緒に出てくる。談笑しながら赤坂通り方面に歩いていった。それを梅田が尾行していく。

ちなみに、尾行の際は背中を凝視したりしてはいけない。そんなことをすると、振り向いたときに目と目が合ってしまうからだ。後に再び目が合ったときに、「さっきもどこかで会ったな」と感づかれる危険性が高い。せっかく尾行を疑ってもいないのに、変な疑念を抱かせる必要はない。

また、背中に固執すると、ジャケットを脱がれてしまったときに見失うこともある。一方、尾行を警戒している人間でさえ替える可能性が低いのが靴。それに着目し、相手の足元を見て尾行する、それが警察官の基本だ。

NCリサーチのような民間の調査会社も同様だ。または、カバンのなかの隠しビデオカメラのモニターを覗き込むかたちで尾行を続ける。いずれにしても、徒歩での尾行は、うつむき加減に歩き、時折、自然に周囲を確認するのが基本だ。

梅田は赤坂通りを見回したが、前田を送ってきたクラウンは見当たらない。どうも帰したようだ。赤坂通りを渡ったところで、前田が手を挙げる。タクシーに乗るつもりだ。同窓生たちに「今日はありがとう」と声を掛けながら、一人でタクシーに乗り込んだ。

「二次会には行かないタイプなのかな？」……梅田からの電話で状況を聞いた小西はつぶやいた。

「このまま家に帰れば、本日の任務は終了だわ」

一方の梅田もタクシーを捕まえ、前田のタクシーを追う。少し遅れてアルファードの小西が追った。

前田の乗ったタクシーは、予想通り、山王下交差点を左折して、外堀通りに入った。

「赤坂を離れ、方向は銀座でもない……これで赤坂見附を左折してから渋谷方面に向かうなら、世田谷の自宅で間違いないだろう」と、梅田は思った。

小西も梅田も、本日の任務の終了が近いことを感じていた。ところが前田の乗ったタクシーは、赤坂見附交差点を渋谷方面に左折するのではなく、また直進してホテルニューオータ二方面に向かうでもなく、左斜め前方に進んでいった。四谷方面だ――。

四谷で別の会合なのか？　タクシーは四谷見附交差点の信号待ちで停車したが、左折ランプを点灯させたままで、前田が降りる気配はない。

ここで、前田のタクシーから二台目に付けていたタクシーから梅田が降りてきて、アルファードに乗り込み合流した。

「四谷でもないようね。まさか新宿？　似合わないけどね」と言う小西。同じことを考えていた梅田は微笑んだ。

前田のタクシーは、四谷見附を左折し、四谷三丁目も通り越し、四谷四丁目の交差点で右折レーンに入った。前方には新宿御苑。前田のタクシーは、富久町西交差点を左折して、靖国通りに入っていった。

赤坂通りを出てから約二〇分、前田の乗ったタクシーは、最終的に歌舞伎町交差点の手前で停まった。もうすぐ午後九時になろうとしている。

前田がタクシーを降り、歌舞伎町方面に横断歩道を渡り始めたのを確認し、小西と梅田の二人もアルファードを降りて追った。この先は、異様にギラギラした歌舞伎町のメインストリートの一つだ。凄い数の人間でごった返している。いわゆるキャッチや呼び込みも多い。条例で規制され、放送もされているが、それでも客引きは後を絶たない。単独、あるいは同性同士で歩くと、すぐに呼び込みに声を掛けられる。ここでもカップルに見える二人は有利だ。

このまままっすぐ進むと、ゴジラが睥睨（へいげい）する広場がある。ラブホテル街のほうまで行ってほしくないな、と小西が思っていると、前田は、横断歩道を渡ってすぐ、ドン・キホーテの斜め前の白く細長い雑居ビルに入っていった。

エレベータに乗り込むのが見える。そのエレベータはビルの入り口から見えるところにあるので、ドアが閉まった直後から階数の表示をチェックする。すると、まず二階で停まり、そのあと六階で停まった。ということは、前田は二階か六階で降りたということだ。

尾行を警戒する人物がよくする警戒行動の一つに、同じようなものがある。雑居ビルを通過してみたり、エレベータでは各階のボタンを押して、どこで降りたか分からないようにしたりするのだ。しかし、前田にはその気配はなかった。まったく警戒していない。だから現役官僚の尾行は楽なのだ。

ビルの案内板を見る。二階は「恋活バーL・O・B」、六階は個室居酒屋だ。

酔っぱらったカップルのフリをして、まず二階に上がってみた。ドアが開いて驚いた。エレベータを降りたところが既に入り口という構造だったからだ。慌てて二人は六階のボタンを押して、上を目指した。そこもエレベータを出たら店。二人は店員に声を掛けられる前に下に降りた。

既に赤坂で食事を済ませている前田の行き先として、六階の居酒屋は不自然だ。とすると、二階の恋活バーになるが、果たして霞が関の高級官僚が行くような店なのか？　二人は顔を見合わせた。ここに入ったという確証も、まだない。

小西と梅田は、靖国通りに停めたアルファードのなかで着替えた。ジャケットを着たり脱いだりして雰囲気を変えるのだ。二人はドン・キホーテの客のフリをして、店頭の被り物（かぶりもの）を試したりしながら、ビルの入り口を見張った。ときには手を握り合い、カップルのフリをして、張り込みを続けた。

一時間が過ぎたころであろうか、それほど酔った風でもない前田が一人、雑居ビルから出てくるのが見えた。誰かと待ち合わせしていたわけでもなさそうだから、やはり二階だったのか？　もし六階の居酒屋で誰かと会い、一人で戻ってきたとしたら、それはそれで極めて怪しい。確認しなければならない。前田は、その後、靖国通りを横断したところでタクシーを拾い、世田谷区の自宅に帰っていった。

⑿

前田が入ったのが、あの雑居ビルの二階のバーなのか六階の居酒屋なのか、確認しなければばならない。そこで梅田と小西は、翌々日、ある作戦を実行した。その日、前田が、また新宿に向かったのだ。

小西は先回りして、ビルの近くで待機した。そして、ビルに到着した前田を追いかけるようにエレベータに乗り込み、六階のボタンを押す。既に二階が押されていた……前田は、やはり二階で降りた。

その様子を小西は、ポーチに入れたビデオカメラにしっかりと収めた。店員が前田を迎える声を聞きながらドアが閉まり、小西は六階に上がった。そこで、すぐにドアを閉め、一階を押した。

しかし、エレベータはそのまま上がっていき、九階で停まった。上方にある表示を見ると性風俗店だ。「えっ?」と思いながら小西がたじろいでいると、若い男性が乗ってきた。小西を上から下までじろじろと舐めるように見る。出勤してきた店の従業員だと思ったのだろうか。この男性と一緒にいたくないなと思ったが、そこで降りるわけにもいかず、小西はスマホをいじりながら、一階までの時間を耐えた。

外で待機していた梅田に、小西が苦笑してみせる。ことの経緯について説明した。

「……それは大変でしたね。やはり恋活バーだったんですね。店については、明日、新宿署の生活安全課にいる同期に聞いてみますよ」

そう言いながら梅田は、ビルの全景や案内板をビデオカメラに収め、二人は雑居ビルを離れた。

翌日、梅田は、新宿警察署生活安全課の同期に、「恋活バーL・O・B」について聞いた。すると、深夜酒類提供飲食店の届け出がなされた適法なバーである、とのことだった。ただ、援助交際目的の娘が相手を探しに来て売春している、との噂もあり、実態を調べているらしい。しかし、店はあくまで出会いの機会を提供している体を装っており、いまのところは静観している、とのことだった。

もっとも、女性客は無料なので、実質的にホステスをやらせていれば、接待飲食店、つまりキャバクラの無許可営業に当たる可能性もある、との追加説明があった。梅田は小西とともに、新宿署で確認した内容も加え、二度の尾行の結果を陣内に報告した。

陣内は「お疲れさま」と短く言って、二人を労った。

「二次会には行かず、いかがわしいバーにね。しかも週に二回も……その種のバーって、六本木にもあるやつだよね」

「えっ、陣内さんも行かれるんですか？」と驚く小西に、陣内は何でもないことのように答える。

「うん、後学のために連れていってもらったことはある」

「前田に事実を突き付けても、そんな言い訳するんでしょうね」と小西。呆れたように苦笑している。


陣内は、早速、岩本に報告した。

岩本は、「私も、その店を確認してみたい」と言うが、「しばらく、うちの調査員に任せておいてください」と断った。クライアント、つまり依頼者は、すぐに自分で確認したくなる。が、店の人間に怪しまれるなど、何らかのトラブルを惹起して、調査が中途半端に終わることも多い。そもそも依頼者にも、調査員の顔は見せたくない。岩本を尾行することになる可能性もゼロではないのだ。仕事は仕事である。

岩本は、早速、工藤内閣情報官に報告した。当然、瀬戸にも伝わる。

瀬戸の指示は、「店に入ったりしなくてもいいが、誰かと一緒に出入りしていたら、人定を把握せよ」というもの。人定とは、住所、氏名、年齢、職業など、人物を特定できる情報のことだ。

NCリサーチはその後、二週間、前田の行確を続けたが、週二～三回の恋活バー通い以外には、特に不審な行動は見られなかった。内閣情報調査室の国内担当の雑誌班にも情報を収集させた。が、雑誌記者からも大した情報は得られなかった。

そこで工藤情報官は、瀬戸にこう提案した。

「ＮＣリサーチが前田の入店を確認したときに、澤村に行かせてみましょう」

瀬戸は、少し躊躇ったが、同意した。

「面白そうだな。既に最低限のことは押さえたから、万が一失敗しても、最悪の事態にはならない。その代わり、念のため、別の名刺は用意してやれよ」

工藤は澤村に、「ＮＣコンサルティング　営業　沢口雄二」という名刺を用意してやった。

澤村は、現在、警察庁人事課付き警視として勤務している。そろそろ県警の課長でもやりたい、と思っていたところ、不思議な名刺をもらうことになった。

「久しぶりに工藤情報官から電話があったと思ったら、歌舞伎町の恋活バーに行って文科省幹部の様子を見てくれ、だと？　そもそも文科省の幹部が、そんな店に行くのか？」

あまり気が進まなかったが、これも勉強の一環だ。経費の面倒は見てくれるというので、澤村は覚悟を決めた。

その翌週、工藤から電話があった。

「前田が例の店に行ったらしい。いまから行けるか？」

いろいろと雑務はあったが、澤村は「了解しました」と即答した。念のため、前田の写真を懐に入れ、事前に確認していた恋活バーに向かった。

霞が関の警察庁から新宿へは、丸ノ内線で一本なので、電話を受けてから三〇分少々で、店に着いた。麻布生まれ、麻布育ちの澤村は、新宿の街が性に合わない。ギラギラし過ぎていて苦手だった。が、すぐそこに賊がいる。好き嫌いなど後回しだ。

雑居ビルに着くと、エレベータで二階に上がった。事前に聞いていた通り、いきなり入り口が目の前に現れる。やはり澤村が苦手なギラギラとした店だ。キョロキョロしていると、店員が近付いてきた。

「いらっしゃいませ。初めての方ですか？　システムの説明は必要でしょうか？」

澤村は、「初めてなので、お願いします」と答えながら、それとなく、さほど広くない店内を見回した。前田を探した。

いた！　奥のカウンターに、場違いな雰囲気をまとった前田の姿が確認できた。

店員がシステムを説明するのを聞き流しながら、この後どうしようか迷っていた。

「で、プランはどれになさいますか？」という声で我に返り、「では、スタンダードプランで」と、辛うじて答える。

前田本人にアプローチすることは禁じられていたが、工藤からは、それ以外のやり方はすべて任されていた。

正統なイケメンとは言えないが、身長もあり、着こなしも垢抜けている澤村は、この店では目立っていた。また客たちの年齢層が思いのほか高く、二八歳という澤村の年齢は、アピールポイントになるようだ。複数の女の子がチラチラと見ている。

前田の近くに座って話に聞き耳を立てるのもリスクがあると思い、一番遠いカウンターの席に腰を下ろした。

前田は、一生懸命、女の子に話しかけているところだ。女の子が笑顔を見せている。ぜんぜん嫌そうには見えない。

澤村は、年の頃は自分と同じくらいのＯＬの番号を紙に書いて店員に渡し、呼んでもらう。今時の娘にありがちな茶髪に、まつ毛エクステンション、濃いめのチーク、にもかかわらず、服は大人しめのワンピースがアンバランスだ。ここでひと芝居打つことを決意する。

澤村は「あっ、まずい、上司がいる」と顔を伏せる。白々しかったかな？　と後悔したが、女の子は乗ってきた。

「どの人？　じゃ、貴方帰る？」と意地悪を言う。

「初対面で虐めないでよ、あの人さ」と、右手の人差し指でこっそり示す。

女の子は、すぐに反応した。

「えっ？　あのおじさん？　同じ会社なの？」

「うん、知ってるの？　話したことはある？」

彼女は人差し指を右頬に当て、少し考える素振りをしてから答えた。

「一ヵ月前くらい前かな？　話を聞いてあげるから、店を出ないか？　と、しつこかったんだ。ちょっとキモかったの。貴方なら喜んでお供しますが、フフフ」

あまりモテたことのない澤村は、一瞬、仕事を忘れそうになった。しかし、女の子の毒舌が耳に入り、我に返る。

「自分の歳とか考えろっつうの。しかも、あのおじさん、さんざん説教した後に連れ出そうとするんだもんなあ」

澤村は苦笑いするしかない。他愛のないやり取りをした後、彼女は「また会いましょうね」と言って去っていった。澤村の心ここにあらず、という感じが伝わってしまったのかもしれない。まだまだ修業が足りないのだ。

そのとき、前田が澤村の背中をかすめるようにして帰っていった。澤村は前田がエレベータに乗り込むのを確認してから、奥の席に移る。おじさんの相手に飽き飽きしていたところに、颯爽と登場した若者。見た目も悪くない。女の子の表情が、パッと明るくなった。

「はじめまして、よろしくね……でさ、実は、さっきの人、俺の上司なんだ。店に入っちゃってから気付いて焦ったよ」

彼女はクスッと笑う。

「だったら合流すれば良かったのに」と言って、流し目を送る。切れ長の目が魅力的だ。しかし澤村は、「仕事」をしなければならない。

「でも、けっこう楽しそうに話をしてましたよね？」

フフッと笑ったあと、彼女が諭すように告げる。

「私たちはタダで飲めるのだから、せめて楽しそうに相手しなきゃ……でも、説教ばかりだったから、ほんとは楽しくはなかったよ」

澤村は、純粋に、この女性の気持ちが嬉しかった。相手によっては、半分、疑似恋愛なのかもしれないが、少なくとも前田を気持ちよく送り出してくれた。新宿の場末に生息する普通の女の子は、文部科学省の審議官よりも、ずっと相手を慮ることができる。日本という国は、やはり国民が優れているのであり、官僚はその生き血を啜っているだけなのかもしれない……そんなことまで思ってしまった。それほど前田の醜態は見苦しかった。

と、彼女がため息とともに告げる。

「……それでいて、いつも外に連れ出そうとするんだから……あの人、毎回そうらしいよ」

これが、日本のキャリア官僚の実態なのか――澤村は、その晩に見聞きしたことすべてを、工藤情報官に報告した。

（13）

前田は、二〇一六年の六月、文部科学事務次官に就任した。就任直後、前田はすぐに獣医学部新設問題に直面した。

獣医学部の新設は、規制緩和を進める多部総理の重要案件であったが、文科省としてのレゾンデートル（存在意義）を維持するため、前田は安易に妥協したくなかった。そこで、内閣府の調整が入っても、農水省から獣医師の必要数などのデータが提出されていない、と反対していた。

この問題は、多部総理と懇意にしている大学理事長に特別の計らいをしたのではないか、と議論になっていたが、獣医学部を新設させないよう岩盤規制を敷いていたのは、前政権、つまり民生党だ。そこの若手有力議員、田町総二郎（たまちそうじろう）の実父が、獣医師会のドンであった。

基本的に、民生党よりも民自党のほうが保守的なのは確かだが、多部総理は是々非々（ぜぜひひ）で規制緩和を進めており、獣医学部新設は、岩盤規制改革の一丁目一番地と言われていた。霞が関の役人にしてみれば、制度を変える場合、その受け皿を用意しておくのは当然のこと。多部総理の友人が学園理事長となれば、受け皿となってもらえるよう根回ししておくのは自然の流れだ。それくらいのことは、総理に知らせず、官僚が勝手に進める。

いや、むしろそれくらいのことをしないと、有能な官僚とは言えない。もっとも、別の大学も手を挙げたため、少々混乱したのだが——。

ちなみに、総理の友人である学園理事長の周辺を、総理にも内緒で内調が身体検査していたことは言うまでもない。

一方、「ミスター文科省」と言われるほどに文科省を愛している前田は、新国立競技場建設問題では国土交通省に、また高速増殖炉問題では経済産業省に、その「領土」を侵犯された。そのため、官邸に対し陰に陽に逆(さか)らい続けてきた。この獣医学部新設問題は、彼にとっても譲れない、一丁目一番地だったのだ。

一一月、瀬戸副長官は、総理官邸にある自室に前田事務次官を呼んだ。そして、四月に工藤に指示して撮らせた、歌舞伎町の雑居ビルに入っていく前田の写真を本人に示した。

「こういうところに出入りしているじゃないか。文科省のトップとしては、いかがなものかなあ」

前田事務次官は、一瞬、気圧(けお)されたように見えたが、すぐに平然と言い返した。

「だから何だというんですか？　私が何か違法なことをしたとでも？」

瀬戸は呆れるしかない――自分の娘より若い娘を、誘い出そうとしていたではないか。

しかし、この時点で、カードは切らなかった。加えて工藤情報官を通じ、内調に必要な報告をするよう指示した。自分が指示するまでは情報が公開されないよう、くれぐれも気を付けてくれ、と付け加えて。

年が明け、二〇一七年一月上旬、文科省の天下り事件が発覚した。文科省の元局長が、有名私大への天下り枠を組織的に斡旋したというものだ。内閣府再就職等監視委員会の調査では、前田も、少なくとも総括審議官時代に、天下りの斡旋に関わっていることが判明していた。

そんななか、文科省から内閣人事局に、前田の定年延長の打診があった。

そこで瀬戸は、一月中旬、再び前田を自室に呼び出した。このときは厳しい表情で宣告した。

「省のトップとして責任を取り、直ちに辞めるべきだろう」

しかし前田は、なぜか毅然として答える。

「いや、違法なことという認識はありませんでした。むしろ省内の引き締めのため、私が必要です。せめて三月の定年までは続けさせてください」

……この期に及んで地位に恋々とする事務次官には、呆れるしかない。が、ここでも瀬戸は最強のカードは使わなかった。

しかし、その数日後、「自分の考えで引責辞任を申し出ていた」と主張する前田の辞職が、停職処分が発表される前に承認された。

その後、五月中旬になって、公共放送とA新聞が、前田前事務次官が保有していたという獣医学部新設問題に関する「総理のご意向」文書の存在を報道した。

慌てた官邸では、官房長官が「怪文書みたいなもの」と否定に躍起になっていた。が、瀬戸は冷静だった。攻撃を制するためには、国賊、すなわち前田の信用力を落とせばいいのである。瀬戸は自室に工藤情報官を呼び、ゴーサインを出した。澤村も、工藤から「君の報告が日の目を見ることになりそうだ」と聞かされていた。

翌週、Y新聞が朝刊で、「前田前次官出会い系バー通い　文科省在職中、平日夜」と題し、「前田前事務次官が現役中に出会い系バーに通い詰め、女性を連れ出すこともあった」などと報じた。Y新聞が独自に取材を進め、前田が女性を連れ出した事実をつかんだ、と書かれていた。

第6章　奔放な総理夫人の後始末

(14)

二〇一六年八月、官房副長官の瀬戸弘和は、大阪府警察本部長に就任した毛利蔵人(もうりくらんど)に、その栄転を祝うため電話した。毛利は緊張した。祝福のためとはいえ、わざわざ瀬戸が電話してくるからには、何かあるのだろう。瀬戸の重々しい声が響く。

「大阪府警本部長への栄転、おめでとう。しかし、むしろ官邸ポリスの西日本本部長としての役目を忘れないでくれ。間違っても大阪では、内閣の運営に影響のあるような事件を起こさないでほしい。そのために六月、澤村有を大阪に送ったのだ。ヤツはできる。うまく使えよ」

毛利本部長が赴任する二ヵ月前の六月、澤村が大阪府警察本部警備部外事課長に任じられ、既に赴任していた。澤村は、フランス留学から警察庁の人事課に戻った時点で、警視に昇任していたが、いわゆる課付き警視と呼ばれる、課長補佐と係長のあいだの中途半端な立場であった。だからこそ、瀬戸や工藤の指示を受けても動ける自由さがあったのも事実だが、警視になった以上、同期と同様に、道府県警察の課長をやってみたかった。

もちろん不安はあった。ただ、キャリアとして奉職した以上、早く責任あるポストを任されたいと思っていた。同期の者たちは、詐欺、横領、選挙違反、贈収賄等を担当する捜査二課長をやることが多かった。

が、澤村については、瀬戸が官邸ポリスの将来の幹部として期待し、英才教育を施している。外国人によるスパイ活動やテロ活動のほか、外国人犯罪に関する事件を担当する外事課は、理想的な所属であった。こうして澤村は、大阪で外事・公安の基本を学んでいた。

さらに瀬戸は、具体的にチェックすべき事案や人物を伝えた。そのなかには、直接は外事・公安に関係のない問題も含まれていた。

遡ること三年半前の二〇一三年の年明け、まさにNCリサーチの陣内や澤村が総理夫人の護衛を密かに始めた頃に大阪府警本部長に就任した谷口公平警視監は、その半年後、警察庁同期の工藤茂雄情報官に電話した。

盛永学園という学校法人が、国有地を借りて、小学校の新設を予定している。しかも、その名前を「多部敬三記念小学校」にしたいと画策しているらしい。

谷口本部長は、「内調を率いる情報官殿に情報として入れておこうと思ってね」と軽口を叩いたが、工藤情報官は嫌な予感がした。同期からの久々の電話にも喜べず、必要な情報をすべて聴取した。

もちろん、谷口本部長も抜かりはない。電話をする前に、必要最小限のことは調べてあった。

盛永学園は幼稚園を経営しており、その教育方針は愛国心を育むというもの。毎朝、園児に教育勅語の朗唱や君が代斉唱をさせる独特なものだ。また理事長の門池康正という男は、「建国会議」の大阪幹部と主張しているが、実は既に二年ほど前に脱会させられていた。胡散臭い男なのだ。そうしたことを谷口は工藤に伝えた。

ちなみに、「建国会議」とは一九九七年に設立された保守団体。「誇りある国づくり」を目指しており、多部総理が目指す憲法改正の思想的支柱になっている団体である。

谷口本部長は付け足した。

「門池は、既に数々の嘘が発覚しているように怪しい人間だが、思想的には多部総理に近いので、小学校の名前もあり得ると思う。総理を悪用しなければいいのだが……」

工藤は、今後のフォローを依頼して電話を切り、すぐに瀬戸に一報を入れた。瀬戸も心配している様子だ。

「門池理事長が多部総理の理念に賛同してくれるのはいい。だが、総理が悪用されることだけは、絶対に避けなければならない。総理への面会要求等については我々のほうでチェックするから、大阪での門池理事長の行動に目を配ってくれ」

そう言ってから瀬戸は、すぐに付け加えた。

「国有地の賃借または売買にしても、近畿財務局の話だから、そこが作成する書類は入手するよう努めてくれ。財務局にも大阪府警からの出向者がいるよな？」

工藤は、「おります。さっそく手配いたします」と答えた。


工藤は久しぶりに澤村の声を電話で聞いた。

「元気か？　緊張感を持って仕事をしてるか？」

澤村は緊張している。工藤がただ雑談のためだけに電話してくるはずがないのだ。

「はい、肝に銘じております……ところで何かございましたか？」

工藤は苦笑する。

「久しぶりなのに、まあ、急かすな。ところで、人事課にある出向者名簿で、近畿財務局への出向者を検索してもらえないか？　そのなかで、君が直接知っている人間はいないか？」

澤村は、「少々お待ちください」と言うと、目の前にあるパソコンのキーボードを叩いた。すぐに「あっ」と小さな声を出す。画面に、警察大学校で知り合った警部を見つけたのだ。大阪府警から財務捜査研修センターに入校してきた人物で、教え子の紹介で酒を酌み交わしたことがある。

「警大で知り合った大阪府警の人間を見つけましたが、なぜそのようなことを？　もしかして盛永学園に関する情報収集ですか？」

澤村は話が早くていい。工藤が「その通りだ」と答えると、澤村が言う。

「当然、どの役所にもSはいますよ、釈迦に説法ですが」

Sとは、スパイ（spy）のS、つまり協力者のことだ。

工藤は「どんな形でもいい、近畿財務局の状況を把握したいので、準備を頼む」とだけ伝えると、澤村も「手配します」と即答した。


その後、大阪府警が門池周辺への聞き込みを行ったが、大きな問題は見られなかった。

二〇一四年四月、恵子夫人が盛永学園の経営する塚田幼稚園での「教育講演会」に呼ばれた。恵子夫人は、思想的には夫である多部総理に近い同学園の要請を受け入れた。準公的な行事への参加ということで同行した多部夫人付きの役人からの報告では、「子供たちからものすごい歓迎を受けて感涙にむせんでいた、それ以外に特段、問題は見られなかった」とのことであった。

同年一二月にも恵子夫人が塚田幼稚園に招待されるなどするうちに、門池夫妻は恵子夫人に近付いて行った。

その頃、小学校建設予定地として豊中市の国有地を定期借地していた盛永学園は、借り受け期限の延長を狙い、夫人との関係構築に向けて、さらに動く。そうして翌二〇一五年九月にも、夫人を講演会に招致したのだ。

その際、門池夫妻は、恵子夫人に、半ば強引に建設予定の小学校の「名誉校長」に就任してもらった。その後、盛永学園のホームページに、「名誉校長就任」と銘打ち、恵子夫人の写真を掲げた。

もちろん工藤は、このことを総理秘書官の今野雅也経由で聞いていたが、二四時間態勢でネットを監視している内調の部隊も、既に把握していた。

工藤情報官は、谷口を引き継いだ二年後輩の大阪府警本部長、橋本栄一郎（はしもとえいいちろう）に電話することにした。

「盛永学園については、引き継ぎを受けていると思うが、とうとう恵子夫人を名誉校長として引き入れた。どうも臭う。もう少しきちんと周辺を当たってもらえないか？　盛永学園について調べるのはもちろん、近畿財務局の動きについてもフォローしてほしい」

橋本は、捜査部門出身というプライドもあり、本部の捜査員に指示をして、徹底的に盛永学園を洗わせた。

——暦の上では秋なのに、まだ汗ばむある日曜日、大阪府警本部警務部教養課に所属する女性警察官、山本芳江は、私服に着替えて、塚田幼稚園の隣にある新北野公園にいた。親戚の三歳の男の子と一緒だ。本部長からの特命で、塚田幼稚園の評判を聞くためである。

周りには、走り回る子供たち、そして、それを微笑みとともに見守る父親や母親という、のどかな光景が広がっていた。そのなかから、ベンチに座る幼稚園児ほどの子供を連れた女性に声を掛けた。

「すいません、このあたりの方ですか？」

山本が話しかけながら近付いていくと、同じ歳くらいの子供を連れているためか、女性はまったく警戒せずに笑顔で答えてくれた。

「はい、そうです」

山本は、すぐに受け容れてもらって一安心した。そのまま会話に移る。

「実は、最近、近くに越してきたんですが、来年からの幼稚園をどこにしようかと思っていて……」

その女性は穏やかに返してきた。

「ああ、そうなんですか。私の家はこの近くなんですが、上の子は、ちょっと離れたところに通わせてるんです」

　打ち解けて話せる雰囲気になれたので、山本は確信を突く質問を投げた。

「ちなみに、隣の塚田幼稚園は、どうなんですか？」

　その女性は、少し困惑した表情を浮かべた。

「ああ、教育勅語がどうのとか、教育方針が古いという話を聞いて、選択肢には入っていなかったわ」と即答する。

「いまの時代に教育勅語……」と絶句してみせる山本に、女性は追い打ちをかける。

「そうなの……それに、先生も少ないいんだって、誰かが言ってたわ」

　山本は、「ありがとうございます」とだけ答え、その日は新北野公園を後にした。そして、その後も何度か周辺で聞き込みを行ったが、同じような話ばかりだった。


　一一月、盛永学園から恵子夫人あてに、国有地の借り受け期限の延長について支援してほしいという手紙が来た。しかし、夫人の代わりに夫人付きの役人が財務省国有財産審理室長に問い合わせたあと、「要望には応えられない」旨を回答した。

　政治家に対して支持者から質疑や要望があり、秘書が本人の代わりに役所に問い合わせ、その結果を支持者に回答することはよくあることだ。その数が多過ぎて、政治家本人も逐一(ちくいち)

把握(はあく)していられない。恵子夫人自身は政治家ではなく、またその秘書が官僚であるという特殊性から奇異に見えるが、霞が関の人間には見慣れた光景だ。

こういったやり取りは、相手が与党の大物政治家だからとか、自分の役所のOBだからといった理由で特別扱いしなければ、何ら問題ない。要は、役所側の問題だ。

そして、澤村が大阪に異動した二〇一六年六月、豊中市の小学校建設予定地については、地下に埋まっているゴミを撤去するための費用の計算等で揉(も)めた末、近畿財務局が盛永学園への売却を決定した。官邸はこの事実を、橋本大阪府警本部長から工藤情報官を通じ、把握していた。

これまでの経過は内調でも把握していた。が、念のため工藤情報官は澤村に特命を下し、総理や夫人の関与を疑わせるものがないか裏取りをさせていた。

橋本本部長は、当然、工藤から澤村の異動の理由も聞いていた。澤村の先輩に当たる捜査二課長と連携させ、またSを活用して、近畿財務局の関係者に話を聞くことができた。

すると同局が作成した資料には、門池側がことあるごとに恵子夫人に言及している旨の記述があるなど気になるところはあるものの、実際に総理や夫人が関与したことを示すものは発見されなかった。これは澤村から工藤に伝えられ、官邸としては、「特に問題はない」という判断を下していた。

そして瀬戸官房副長官の指示を受けた毛利本部長は、前任の橋本と同様、澤村に盛永学園の周囲を調べさせていた。毛利は橋本からの引き継ぎ時、長年の警察での経験から、門池には嘘が多そうだと強く感じていた。そのため、警察本部として正面から近畿財務局の情報を取るだけでなく、澤村外事課長や捜査二課長まで動員するなど、府警を挙げて調査を進めた。

結果、小学校を建設するだけの財力があるのかなど、いくつかの疑問点が見つかった。もっとも、総理の政権運営に影響を与えそうな情報はなかったため、その旨が工藤情報官を通じて官邸にも伝えられ、そのまま年が明けた。

二〇一七年二月、小学校建設予定地が安価で払い下げられていることが突如、新聞報道され、国会が騒がしくなった。盛永学園が総理の名前を使って寄付金を集めているなどの話もあり、小学校の認可や国有地の安価での払い下げについて、総理や夫人の関与が取りざたされた。

これまでに把握した状況をもとに、総理は「私や家内が関わっているということであれば、私は政治家として責任を取る」と、国会答弁で明言した。

一方、財務省の佐藤伸幸（さとうのぶゆき）理財局長は、盛永学園側との面会記録について「破棄されている」と国会で答弁した。しかし、いまどき面会記録は手書きなどではなく、パソコンで入力している。公的に「面会記録」が破棄されていたとしても、担当者のパソコンに保存されていることも多く、「破棄されている」という答弁は安易過ぎた。突っ込みどころ満載である。国民もさることながら、記者たちが黙っているわけがない。

(15)

澤村のスマホが光った。奥田麗からの電話だった。

「忙しい？　明日、そっちに行ってもいいかしら？」

中央新聞政治部の記者である奥田がこのタイミングで電話してくるのだから、門池について取材に来るのだろう。しかも、プラスアルファの情報を澤村にねだるのだろう。奥田が情報を欲しがった場合、澤村としては、どうしたらいいのだろう。

「……俺は外事課長だから担当外だし、よく分からない」とでも言うか。ただ、大阪府を簡単には離れられない府警外事課長の澤村に、奥田のほうから会いに来てくれるなら嬉しい限りだ。

警察官は、出張等を除いて、なかなか勤務地を離れられない。次に奥田とゆっくり会えるのは、春の異動後に警察庁で開催される全国会議の際かと思っていた。それが二ヵ月も早まる。

さすがに日中は難しい。が、午後七時なら新大阪駅に迎えに行ける旨を伝え、澤村はスマホを切った。

翌日、大阪には記者が押しかけ、取材合戦が繰り広げられた。しかし澤村自身は、その立場上、特に巻き込まれることはなかった。

予定通り、新大阪駅の新幹線改札口に奥田を迎えに行く。そして、そのままＪＲで大阪駅まで行った。奥田のために予約していたホテルモントレ大阪にチェックインするためだ。

大阪府警の幹部である澤村には、もちろん広い官舎があてがわれていた。が、籍を入れていない女性を警察官だらけの官舎に泊めるわけにはいかない。すぐに噂になってしまう。

奥田が荷物を置いて身軽になってから、晩飯を食べに行った。メニューは奥田の希望で「お好み焼き」だ。事前に澤村が予約しておいた大阪駅近くの「お好み焼ゆかり」に入る。午後八時過ぎの店内は、活気に満ち溢(あふ)れていた。

「大阪弁って、エネルギッシュで魅力的だよね？」と生ビールで口を湿した奥田が言う。店内を物珍しそうに見回している。ほんのりと頰が染まっているのは、そのあとに控える情事を期待してのことなのか……澤村の想像は完全に間違っていた。奥田が急に仕事モードを発揮してきたのだ。

「ところで、盛永の関係なんだけど……」

周囲を見回したが、二人の会話に聞き耳を立てている者はおろか、二人の存在に関心を示している人間すらいない。奥田の質問をどうかわそうか、と思っていたところ、彼女の矛先は別の方向に向かった。

「多部総理も大変よねえ。あんな奥さんを持って。要は、奔放な総理夫人が詐欺師に振り回されてるって構図でしょ？」

まさに核心を突いている。ただ、安易に相槌を打つわけにはいかない。澤村は自分の感想を述べるに留めた。

「……どうなんだろうね。担当じゃないからよく分からないけど、役所の対応にも問題があったんじゃない？　文書があるとかないとか……まあ、あくまで個人的な見解だけど」

それを聞いても、奥田はどこまでも真剣だ。

「政治家への陳情なんてよくある話だし、今回の当事者が総理夫人だから、みんな面白がって騒いでいるけど、総理自身は関係ないと国民は思っているはずだわ。通常だと時間がかかる案件が、有力政治家に頼むと早まるなんてのはよくあることだし。多部政権への攻撃材料が他にないからなのかしら？」

澤村は意外に思って、「記者はみんな、総理が関わっていると考えてるんじゃないの？」

と、素直に聞いた。奥田が笑って答える。

「フフフ。もし、あんな詐欺師に騙されて特別な計らいをするようじゃ、一国の総理は任せておけないわね。脇の甘い夫人を娶った責任は、任命責任ではなく、婚姻責任とでも言うのかしら？」

澤村は苦笑するしかない。ビールのジョッキを上げて、同意する旨を示した。しかし奥田には、まだ聞きたいことがあるようだ。

「ところで、有からすると、忖度って何なの？　役所では常識になってる行為なのかしら？」

彼女は何を調べに来たのだろうか。

「いままでは、あまり使われなかった言葉かな？　ただ、上の考え方とか意向とかを斟酌して仕事を進めるのは当たり前のことだよね。上が絶対に通さないであろう案件を自分のところで止めたり、同種の業務で指摘された内容から判断して修正を指示したり、ってこともある」

こう答えたが、ある意味、当然のことである。

「麗だって、政権を礼賛する記事を上げてもデスクに却下されるのなら、政権批判的な取材をしなきゃいけないこともあるよな」

奥田が大きく頷く。

「その通り、マスコミの記者にも忖度は必要よ。まあ、デスクもその上を忖度してるんだろうけどね」

奥田の言葉を受けて、澤村は、若干、演説口調になった。

「そもそも、官僚に任せてはいけない、政治主導にすべきだ、と言っている野党が、官僚が総理の意向を忖度するとはけしからん、って批判するって、矛盾(むじゅん)してないか？　一連の手続きに違法性や手続き上の瑕疵(かし)がないか、それだけが問題のはず。盛永問題を、無理やり総理と結び付けて、総理の責任問題にしようとしている。こんなことで、日本が良くなるのかね？」

——その後は他愛のない話ばかりして、二人はホテルに戻った。そうして久しぶりの逢瀬(おうせ)を楽しんだ。

結局、奥田麗は、ただ単に会いに来てくれただけのようだった。澤村は、何か一つくらい情報を教えてあげられればなどと、官邸ポリスのメンバーらしからぬ思いを抱いた。

国会やマスコミが騒がしくなるなか、門池は好き放題なことを言い続けた。具体的には、総理が就任する前に「多部敬三記念小学校」を認めてもらっていた、恵子夫人が三回目の講演に来てくれた二〇一五年九月に一〇〇万円の寄付をもらった、自分は特別扱いしてもらったなど、内調が把握している客観的事実に反することばかりであった。

事実がどうであれ、このままでは総理の印象が悪化するばかりだ――瀬戸副長官は、大阪府警の毛利本部長に直接、電話した。

「門池を黙らせられないか？」

毛利本部長は、それまでの盛永学園に関する情報を整理して、門池周辺への聞き込みを強化した。すると、塚田幼稚園が教員の人数を偽り、補助金を不正受給している疑惑が浮上した。それは、直接、瀬戸副長官に伝えられ、当然、工藤情報官以下の内調メンバーにも情報共有された。

そして二〇一七年三月、当該補助金の不正受給疑惑が新聞で報道された。

しかし一方で、財務省の佐藤理財局長が、国有地売却について「財務省として、価格を提示したことも、先方から買いたいと希望があったこともない」と国会答弁していた。

既に、Sを通じて近畿財務局が作成した書類を入手し、それらに目を通していた瀬戸や工藤は、佐藤局長の答弁に冷や冷やしていた。しかし、財務省の答弁に意見を言うわけにもいかず、不安に思っていたところ、四月に入って大阪地検が、財務省職員らに対する告発を受理した。そうして国が不当に安い価格で国有地を売却したとする背任容疑で捜査を開始し、その後、証拠隠滅や公文書等毀棄などの告発も受理した。

不正受給疑惑が報道された後も、むしろ財務省が世間の批判を浴び出したことに浮かれて、門池の放言は止まらなかった。野党も門池の胡散臭さに気づきつつも、多部政権を攻撃する好材料と考え、連日、話題にした。もうこうなれば、最後の手段だ。

——門池に、「なか」に入ってもらうしかない。

盛永学園は寄付金集めに失敗したし、財政的には余裕がないはずだ。それを確認すれば、仕掛けられる。

そこで、まず盛永学園の銀行口座および門池夫妻の個人口座を調べることとした。具体的には、寄付を受けたと言っている一〇〇万円の入金状況のほか、さまざまな詐欺行為が取り沙汰されていたので、それらを理由に捜査関係事項照会書を銀行に示し、口座照会をしたのだ。

すると予想通り、どの口座にも、まとまった金はなかった。さらに借金も結構な額にのぼり、クレジットの信用調査もブラック分類になっていることが判明した。

これらの情報は、さすがにそのまま大阪府や大阪市に提供するわけにはいかなかったが、抽象的な表現で伝えられた。

さらに六月中旬、工藤情報官の命で、内調の清水勉調査官が門池の息子に電話した。

「内閣官房の清水といいます。折り入ってお話がありますので、お時間をいただけませんか？」

門池側としても、何か打開策が欲しかったので、すぐに面会した。その際、清水調査官は、「内閣官房　調査官」という名刺を渡し、内閣官房を代表してお願いするために来たのだと伝え、次のように依頼した。

「もし本当に総理夫人が一〇〇万円を寄付していたとしても、万が一にも、返しに来るようなパフォーマンスはしないでください。これ以上、混乱しても困るので、その点は絶対にお守りください。それだけをお伝えするために、大阪まで来ました」

ところが案(あん)の定(じょう)、六月二一日に、突如、上京した門池は、恵子夫人が経営する居酒屋を訪れた。金を返したい、と言う。

Xデー間近のためにNCリサーチによる行確が行われているので、官邸ポリスは門池の上京を既に把握していた。そして、何社かの記者には、彼が金を返しに行く可能性があること、しかしその札束が偽物である可能性が高いことを知らせておいた。

想定通り、門池が用意した、白い紙の束を一万円札で挟んだ偽の一〇〇万円の札束が、テレビカメラに収められた。澤村から事前に耳打ちされていたので、現場に居合わせた奥田麗も、その場面を見た。それを各紙が記事化したため、門池の信頼を完全に失わせることに成功した。

門池は「嵌(は)められた」と思っただろう。しかし、忠告を受けていたはずだ。自業自得(じごうじとく)である。

その晩、奥田から澤村に電話があった。礼を言いつつも、愚痴る。

「昨日はありがとう……でも、テレビにやられたわ。テレビって、映像さえ撮れればそれでいいから、楽よね。あれを文字で伝えるのはなかなか大変だわ。映像なら、シンプルに偽物だと視聴者に伝わるし」

だが澤村らにとってみれば、その映像だけで十分であった。

複数の疑惑で盛り上がるなか、二〇一七年七月三一日、門池夫妻が大阪地検特捜部に補助金適正化法違反の疑いで逮捕された。なお、国会答弁で多部総理を守ったかたちになった財務省の佐藤理財局長は、国税庁長官に栄転していった。

(16)

八月に入り、また、瀬戸副長官から毛利大阪府警本部長に電話が入った。

「君たちの努力もあり、何とか門池を黙らせることができたが、すぐに出てきたら意味がない……頼むぞ」

すると毛利本部長は力強く言う。

「もちろん、心得ております。他にも複数の補助金の不正受給疑惑がありますし、大阪地検には根回ししておきます。あれだけの嘘つきですから、他にも色々とやっている可能性があります。そもそも娑婆(しゃば)にいたら、放言しまくって混乱を起こすことは確か。証拠隠滅の恐れあり、と言ってもいいでしょう」

毛利の言葉通り、門池は再逮捕されるなどして、勾留(こうりゅう)は続いた。

大阪府警や大阪地検の活躍で、詐欺師のしばらくの沈黙は確保できたが、野党やマスコミによる財務省への攻撃は、佐藤前局長の栄転も相俟(あいま)って、止(や)むことはなかった。

そんな世間の風評を何とかごまかしているうちに、二〇一八年になった。

財務省に対して良い感情を持ってはいない瀬戸副長官も、当初は、多部総理を守るためには財務省に頑張ってもらわなければいけない、と思っていた。佐藤前局長が強弁していたように、資料自体はないにしても、その内容が書かれた文書は存在する。とはいえ、その内容は特に多部総理に不利なものではない、と思っていたからだ。

しかし、中途半端な対応をしていた佐藤前局長が国税庁長官に栄転したことにはやはり納得がいかず、内閣人事局長たる瀬戸自身、内心忸怩(じくじ)たる思いだった。

瀬戸は、工藤情報官を自室に呼んだ。瀬戸の表情には怒りの色が濃い。工藤は緊張してその言葉を待った。

「昨年から忖度という言葉が流行(はや)っているが、上司を忖度せずに仕事をする者などいない。むしろ、ある程度の忖度は普通だ。しかし今回は、本当に忖度だったのか？　獣医学部新設と違って、財務省が勘違いしただけなのだろう？」

明らかに怒っている。工藤は恐怖すら感じた。瀬戸が続ける。

「今回の場合は、詐欺師たる門池が脇の甘い総理夫人を巻き込んだに過ぎない。それを、近畿財務局、いや財務省理財局自体も、本当に総理夫人案件だと勘違いして対応しただけではないか。それなのに、そのミスを隠そうとして、総理を守っているふりをして自分を守った……」

瀬戸はテーブル上のお茶を一口飲む。怒りを鎮(しず)めようとしているのか。

「……それは忖度ではなく、単なる保身だ。やはり、残念ながら、財務省の役人は、我々の仲間にはなり得ない」

瀬戸副長官は、官邸ポリスとしては財務省を切り捨てることを、このとき決めた。

三月二日、反政府の筆頭A新聞が、前年の総理答弁後に近畿財務局が書類を書き換えたのではないか、という疑惑を報道した。これも財務省は誤魔化そうとしたが、七日には近畿財務局で、国有地を担当する五〇代半ばの職員が自殺したことが大きく報道された。

自殺した職員の神戸市内の自宅からは、家族に向けた遺書と複数のメモが見つかったと報道されたが、兵庫県警が現場に臨場した際、実は、このほかに財務省理財局長だった佐藤あての遺書も発見していた。その遺書の存在については、兵庫県警から警察庁を通じて情報が入り、工藤と瀬戸にも伝えられた。

しかし実は、兵庫県警本部長時代の部下から、工藤情報官に連絡が入っていた。そのため工藤や瀬戸は、警察庁を通じてではなく、直接、遺書の写しを手に入れていた。

瀬戸は、国税庁長官となった佐藤を総理官邸内の自室に呼び、その遺書を読ませた。盛永問題に関し、総理や夫人との関係を詳細にメモしておくよう指示しながら、公の別添資料としては削除した点について、遺書は糾弾していた。その遺書を手に、佐藤は固まっていた。が、やっと、声を絞り出すようにして言う。

「……これは、本物ですか？」

「何をいまさら」と、眉間にしわを寄せながら冷たく言い放つ瀬戸。その表情を見て怯みながらも、佐藤は最後の抵抗を見せた。

「私あての遺書があったなんて、報道はなかったですが……こんな大事なものを隠すこと自体、問題なのではないでしょうか？」

瀬戸が大声を上げた。

「事件の証拠でも何でもない、君への私信だ！　故人の遺志をそれこそ忖度して届けてやったが、隠すのが問題だと言うなら、公表しようか？」

獲物を射貫くような瀬戸の目を見返すことができず、手元にある「これ以上、嘘をつかないでください」と書かれた遺書の文面を見つめていた佐藤は、力なく「分かりました」と、一言だけ言った。

佐藤国税庁長官は、就任して約八ヵ月で退任することとなった。

第7章　尾行された東京地検特捜部

(17)

二〇一五年六月の逮捕状不執行から二ヵ月、品川中央署に任意で取り調べられていた東日本テレビの山本巧記者は、二〇一五年八月、準強姦容疑で東京地検に書類送検された。

送致を受けた東京地検刑事部では、一番の焦点である「合意があったかどうか」を探るべく、ホテルの防犯カメラの映像等を確認するほか、山本にスマホを任意提出させて、被害者とのやり取りを確認するなど、徹底的に捜査を進めた。

任意提出とは、文字通り任意に提出することで、裁判所の発行する捜索差押令状によるものではない。よって拒否することもできるが、「拒否すると逮捕の危険性があるから、素直に従ったほうがいい」という工藤からのアドバイスに、山本は従ったのであった。

もっとも、仕事柄さまざまな人間とやり取りしていた山本は、都合の悪い相手との通話履歴は削除していた。警察でも一通りのことは調べてあったが、当然のことながら、準強姦事件に関係ありそうな、つまり被害者とのやり取りを中心に調べていた。

しかし、検察庁は違った。彼らは、常に広い視野でものを見ている。ある事件の関係者から別の事件の臭いを感じ、またはネタを拾い、もとの事件よりもはるかに大きな成果をものにしたことも多々ある。山本に関しても、多部政権に近く霞が関とのパイプも太いと言われており、本来の事件よりも、政官との不適切な関係に基づく別事件について関心があった。

検察庁の捜査の端緒（たんしょ）は、被害者からの告訴や告発を受けてというケースもあるし、投書等による情報提供やネット上の風評など、さまざまなものがある。しかし、このように別事件でネタを拾って展開させることも、よくあることなのだ。

実際、携帯電話の通話履歴を警察以上に詳細に解析することはもちろん、削除したメールの内容を復元し、またはＬＩＮＥ等については会社にサーバー情報の開示を求め、山本本人は削除できたと思っていたデータも入手していた。

準強姦事件については、警察で調べた以上の事実は出てこなかった。捜査は難航したが、他の多くの人間とのやり取りが確認された。そのなかの、ある関係が注目された。

もちろん検察庁も、任意で取り調べている山本から関係者に話が抜けないよう、どんな人間や事象に検察官が興味を示したか特定されないように努めた。かつ、取り調べ状況を第三者に話さないよう厳重に命じ、政官財の人間との関係について聞いた。しかし山本は、恩がある工藤情報官に対しては、取り調べ内容を逐一報告していた。当然、瀬戸副長官にも情報共有がなされていた。

工藤は、警視庁の野村刑事部長に連絡した。野村は、逮捕状を執行できなかったことに不満を持ったであろう品川中央署の刑事たちを、六月以来、人事第一課（通称「ジンイチ」）の監察部門に行動確認させていた。もっとも当然のことながら、特に刑事たちには問題行動など見られなかった。

ジンイチの監察部門とは、警察内部の不正を調査したり、信用失墜行為を働いたという情報が寄せられた警察職員を調査したりする「警察のなかの警察」と言われる部門だ。野村が官房長官秘書官をやる前にジンイチの課長をしていたこともあり、逮捕状を執行できなかった山本を執拗（しつよう）に尾行するなど問題行動がないかどうかを確認させていたが、品川中央署には特に動きが見られなかった。

そこで監察は任解（にんかい）（任務解除）になると思われたが、野村は、山本が東京地検に任意出頭を命じられた日だけ尾行を再開させた。すると、品川中央署の人間の姿は見当たらなかったが、別のスーツ姿の二人組が山本を尾行するのが確認された。

二人組は、地味なグレーと紺のスーツを着て、山本に張り付いていた。見失わない程度に距離を保ち、タクシーで追う際も一台空けて追いかけるなど、プロの雰囲気を漂わせている。もっとも、彼ら自身が警戒行動を取ることはなかった。

警戒行動とは、歩道橋を向こう側に渡りながら急に戻ってみたり、雑居ビルのエレベータに乗って二階で降り、階段を使って下りてきたりと、尾行が付いているかどうかを確認する行動だ。いまさら尾けられることなど露(つゆ)も疑わない山本はもちろんのこと、彼を尾行するグレーと紺のスーツの二人組も、まさか自分たちに尾行が付いているなど予想していなかったのだろう。

そもそも監察部門の警察官は、警察官しか尾行したことがないという者がいるくらい、尾行のプロ中のプロである。監察担当者は、二人組が、山本が誰かと会うたびに秘匿(ひとく)撮影を繰り返し、自宅に戻るまでのあいだ尾行している状況を確認していた。

そして、二人組が霞が関の中央合同庁舎第六号館(通称「検察合同庁舎」)に戻っていく様を確認した――。

このことは、野村刑事部長に、すぐさま報告された。彼には閃(ひらめ)くものがあった。警察から事件を送致された東京地検の刑事部が尾行までするはずがない。特捜部に違いない。刑事部から何らかの情報が渡り、特捜部が動き出したのだ……。

東京地検特捜部は、かつて「巨悪は眠らせない」のフレーズで、政財界を巻き込む大きな汚職や不正、あるいは脱税などの事件を専門に捜査してきた、日本最強の捜査機関である。

過去の汚職事件や大型経済事件を振り返る。ロッキード事件、リクルート事件、東京佐川急便事件、金丸信・元自由民主党副総裁脱税事件、ゼネコン汚職事件、大蔵省接待汚職事件、ライブドア事件、村上ファンド事件……これら世を賑わせた大事件の数々は、いずれも東京地検特捜部が捜査し、政界の実力者や経済界の大物を起訴、有罪に持ち込んだ事件だ。

一般的に「地検特捜部」は、捜査から起訴まで一気通貫で行うことができ、その実績から最も恐れられている機関ではあるが、実は、警察に比べて特に捜査能力が高いわけではない。

たとえば尾行なら、明らかに警察のほうが上だ。地検は法令に詳しく、ある事象を法に当てはめるのは得意だ。また、理詰めの取り調べも得意な分野だが、警察に比べて現場を知らないという弱点がある。大企業や政治家、あるいは官僚のような大物狙いをしているイメージが強い特捜部だが、逆に、庶民の事件を一から捜査するのは難しいだろう。

しかし往々にして、自分たちはオールマイティであるかのような自意識の高さが過ちを生む。方向を見誤り、暴走することがあるのだ。

司法試験を通った頭脳優秀な検察官が中心だからといっても、その見立てが常に正しいとは限らない。だから、たとえば警視庁の捜査二課とぶつかることもある。むしろ組んで仕事をすればいいと思うのだが、互いに変なライバル意識があるため、なかなかそうもいかない。

野村は、この状況を工藤情報官に報告し、工藤は山本記者に対し、特に永田町界隈（かいわい）での行動には注意するよう伝えた。また、どんな話を地検から聞かれたか聴取した。

加えて野村は、監察部門の警察官が撮影してきた写真を自分の部下である捜査第二課の刑事に確認してもらい、スーツの二人が地検特捜部の財政経済班の検察事務官であるとの確証を得ていた。地検特捜部の財政経済班が動くということは、やはり大規模な経済事犯……有力政治家や大物経済人を狙っている可能性もある。

しかし、この時点では、まだ地検特捜部のターゲットが誰かは分からなかった。

(18)

そうこうするうちに、二〇一六年に入った。東京地検刑事部による山本記者の準強姦事件の捜査は、まだ続いていた。それは、極秘に東京地検特捜部の捜査を支援する意味合いもあった。野村から報告を受けている工藤情報官も、直接会うことは避けつつ、連絡を取り合い、東京地検刑事部による取り調べの状況を聴取していた。

すると、地検による取り調べも終盤に差しかかった五月の取り調べ状況が注目に値するものだった。三月に、山本は、近未来のコンピュータ技術の研究を推進するＪＳ財団の代表理事に就任し、五月には東日本テレビを退社したのだが、その辺の経緯を世間話として聞かれたという。

取り調べ終盤に、「言い残したことはないか？　参考までに聞くが」などと、相手を油断させて別件を聞き出そうとすることはよくあるのだが、地検刑事部でも同様のやり取りが行われていた。

山本は、いままでの検察官とのやり取りから、準強姦事件についての起訴は免れそうだと期待していた。かつ、野村らのお陰で拘束されなかったために執筆できた著書の原稿を完成させた安堵感もあり、少々饒舌になっていた。

山本によると、特にＰ社の清川明基社長とのやり取りを聞かれたという。ＪＳ財団の理事にもなっている清川社長との親密な関係を確認されたのだ。清川社長はスーパーコンピュータ業界の寵児であり、政府関係の委員会のメンバーにも選ばれていた。この一見異色な関係に、当然、地検刑事部の捜査員が興味を持った。

法務合同庁舎内の刑事部の取調室で、山本は聞かれた。

「あなたは、Ｐ社の清川社長と頻繁に連絡を取られているようだが、どのようなご関係なんですか？」

山本は、もともと記者であるということもあり、自然と切り返した。

「事件と関係があるのですか？」

検察官は山本に勘繰られないよう、笑いながら言う。

「いいえ。我々は、あなたがどんな方かをできるだけ把握して、そのうえで起訴するかどうか、起訴したとしてどの程度の求刑をするかを判断するのです。一見、本件と関係なさそうに見えても、実は供述の信用性の判断等に関わってくる場合もありますので、あくまで参考としてお聞きしています。もちろん、無理に答える必要はありません」

こう言われては、本件以外でやましいところのない山本も、検察官の世間話に付き合ったほうがいいと判断した。

清川とは取材の過程で知り合ったこと、自分に対しては霞が関や永田町での人脈づくりを期待しているらしいこと、などを伝えた。そして、清川の父親が国立大学の元学部長であり、また彼自身がスパコン業界の寵児であるため、自分にもメリットがあると判断して付き合うようになったことなども語った。

実は、東京地検特捜部では、既に前年四月にテレビ局の報道局から営業局に異動させられていた山本が、赤坂の一等地にある高級ホテル、ザ・キャピトルホテル東急のレジデンスに事務所を構えていること、そして、その約二〇〇万円の賃貸料はＰ社が負担しており、さらに山本の銀行口座には、P社から毎月約二〇〇万円の振り込みがあることを確認していた。もちろん、刑事部にはそこまで知らせていなかったが。

山本は、他の政治関係者や霞が関の官僚との関係についても聞かれた。が、最も総理に食い込んでいるという自負もあったのだろう、自分の人脈をひけらかした。そのなかで、清川を経産省の幹部に会わせたことがある旨も話した。

山本は、なぜそこまでP社との関係を聞いてくるのか疑問に感じたが、とにかく検察の心証を悪くしたくない一心で、検察官の世間話にも積極的に付き合った。

結果、検察庁は、山本は既に記者ではなく、日本のスーパーコンピュータ業界を牽引しているベンチャー企業P社の顧問として、経産省など霞が関とのパイプ役を果たし、ブローカー化していると認識した。

そんな山本は、六月、ようやく『首相』という書籍を灯源社から出版した。瀬戸副長官と工藤情報官は胸を撫で下ろした。そのためにこそ、山本の身柄を拘束されないよう、配慮したのだから。

そして、検察官の心証を悪化させずに済んだからなのか、山本は二〇一六年七月、不起訴処分となった。いつも通り、不起訴処分の理由は明らかにされなかった。

警視庁の刑事部長、野村覚は、山本が不起訴処分になったことを見届けて、翌月に警察庁に戻り、組織犯罪対策部長になっていた。

組織犯罪対策部は、主に暴力団による犯罪や、銃器や違法薬物を使用した犯罪を取り締まる部門である。警察庁では形式上は刑事局の一組織であるが、全国の組織犯罪対策部門を統括する準局であり、それを率いる部長の階級は警視監である。

組織犯罪対策部門は、巨大な指定暴力団が分裂し混迷を極めるなか、他人名義による携帯電話の取得を詐欺で立件するなど、あらゆる法令を駆使して組長クラスを逮捕する頂上作戦を実行している。野村は、政治からも経済からも反社会的勢力の排除を進める全国警察の旗振り役であり、反社会的勢力の徹底排除が求められる東京オリンピックに向けても重要な部門のトップに立っていた。

見事、花形部門に栄転した野村にしても、予定通り著書を上梓(じょうし)した山本にしても、事件は一段落、のはずだった。

しかし、東京地検特捜部としては、ここからが勝負だった。既に標的は、P社および関係会社に絞られていた。警視庁が確認していた通り、P社については、東京地検特捜部内の財政経済班で捜査が進められていた。

同班では、政治家や官僚を狙うのだが、脱税事件も視野に入れて捜査が進められる。公開資料のほか、狙いを絞られないように、経産省や文科省からも資料を入手していた。

当初は、P社が山本に対して高額の顧問料を負担できるだけの取引実績があるか不明だったが、地検刑事部の世間話に積極的に応じた山本のお陰もあり、P社が二〇一四年から国立研究開発法人新エネルギー・産業技術総合開発機構（NEDO）から巨額の助成金を受け取っていることが分かっていた。

東京地検特捜部による資料の解析がどのように進んでいるかは想像すべくもない。が、警察庁に戻っていた野村のもとには、時折、東京地検特捜部の検察事務官が淡路町駅近くのビルのそばに黒いバンを停めているという目撃情報が寄せられていた。スパコンの小型化、省エネ化の旗手である清川社長が率いるP社をターゲットにしているのは確かだった。

野村からの報告を受ける工藤情報官らも、東京地検の動きは気になっていた。ただ、この時点では下手な動きは捜査妨害の誹りを免れないし、痛くない腹を探られる危険性もある。どうしようもなかった。

そもそも、東京地検の人間を警視庁の人間が尾行しているなど、口が裂けても言えない。が、P社および関係会社の銀行口座、清川社長や山本顧問の個人口座は、刑事訴訟法に基づく捜査関係事項照会書によって調べ、特に政界とのあいだで不明朗な金の動きがないことは確認した。

また、山本は二冊目の著書の準備もしていたので、取材のための官邸訪問は許したものの、プライベートでの官邸関係者への接近は自粛させた。

瀬戸副長官は、念のため、総理や官房長官に山本との関係を確認していたが、「親しいし応援をしてくれてはいるが、それ以上でもそれ以下でもない」との言葉を得ていた。

二〇一七年一月、山本は二冊目の著書『たたかい』を、やはり灯源社から上梓した。この山本の著書は、多部総理のためであることはもちろんだが、総理の応援団たる灯源社社長、城田勤（しろたつとむ）のためでもあった。決して、山本のためではない。

城田が企画した二冊が無事に出版できたことで、もう山本は用済みだ、そう瀬戸副長官は決断した。この二冊のために、売国テレビ局の記者でありながら官邸の御用記者でもあった山本を救ったことは間違いない。が、これ以上政権に迷惑をかけるようなら、百害あって一利なしだ。

彼も、門池と似て、総理の知遇を得て私欲を満たしていた疑いが濃厚になってきた。清川社長に利用されているだけだとしても、同じだ。山本が目立つと、嫌でも多部総理との関係が取り沙汰される。しかも、地検特捜部は霞が関や永田町を狙うのが性（さが）なのだ。

NEDOからの助成金の不正受給なら、もしかしたら経産省幹部の収賄が狙いかもしれない。相対的な財務省の地盤沈下で勢いづいている経産省が叩かれるなら、それはそれで良い。しかし、この大事な時期に、官邸がらみの話になるのは、何としても避けたかった。

四月下旬の金曜日、澤村と奥田麗は、いつもの麻布十番のイタリアンレストランで食事を済ませてから、澤村のマンションに来た。澤村は、まだ大阪府警の外事課長だったが、前日、警察庁の総合庁舎大会議室で全国警備部長会議が開催されたことに伴い、その日の午後、大阪府警察の外事担当課長として外事警察分科会に呼ばれていたのだ。テーマは、全国警備部長会議でも、警察庁長官が最重要課題として掲げた「二〇二〇年の東京オリ・パラに向けた国際テロリズム対策」だった。

「最近の永田町での話題は？」と、ソファで自分の膝の上に頭を載せている奥田に澤村が聞く。

「そうねえ……そう言えば先週、衆議院第二議員会館の地下で、エンタメ系の議員連盟の会合があったの。チケットの高額転売問題について、現状報告会をやってたんだ。二〇二〇年のオリパラ云々（うんぬん）とかも言ってた。で、議員連盟の会合なのに、警察庁からも総括審議官という人が来ていたみたい。総括審議官って偉いの？」

アバウトな質問だが、苦笑いしながら澤村が答える。

「総括審議官は各省にも置かれているけど、警察庁では、長官、次長、官房長に次ぐナンバー4（フォー）だよ。警察庁の渉外担当として、国会対応の重責を担っている。時には与党から、新規政策について助言を求められたり、調査や資料の作成を依頼されたりすることもある。警察庁も霞が関の一員。与党への協力は必要だからね」

澤村自身、人事課見習いのときにカバン持ちをしたくらいだが、総括審議官は与党幹部からも一目置かれる存在だというのは感じた。総括審議官は、紛れもなく警察庁の重鎮（じゅうちん）なのである。

奥田は納得した風である。

「そうなんだあ、どうして議員連盟の会合にと思ったんだけど、そういうこと。チケットの転売を、警察にも何とかしてほしいわけね」

澤村は、その辺の事情には疎（うと）かったので、「多分、そうなんだろう」と曖昧（あいまい）に答えておいた。ただ、多部総理としても、三期目を務めるなら、東京オリンピックまでにチケットの高額転売問題は解決しておきたいはずだ。

そう口にすると、奥田は「三期目もやる気なの？」と驚いている様子だ。自分が多部政権を守る仕事をしている、などとは口が裂けても言えないので、無難に答えるしかない。

「でも、他に候補はいないじゃないか」

加えて奥田は、一週間前に突如、辞任した経産政務官の中山義直（なかやまよしなお）に興味を持っているようだ。いや、怒りを抱いている。

「いくら自分の盟友だった政治家の息子だからって、それだけで政務官にするなんて、やはり多部さんは人を見る目がないわね。それにしても、あの男、愛人と結婚式を挙げただけじゃなくて、同僚の女性議員にもストーカー行為をしていたらしいわよ」

澤村は、政務官の身体検査は一体どうなっているのだ、と思ったが、そんな思いはおくびにも出さない。しかし、政務官のストーカー行為などが悪いタイミングで出たら、多部政権にとっては大きなマイナスだ。詳しい情報を重層的に集め工藤情報官に伝えておかなければ、と思った。

八月に入ると、澤村は、思ったより早く東京に呼び戻された。たった一年であったが、大阪府警での経験は、十分に刺激的なものだった。工藤情報官からの特命に心血を注いだ。マスコミが報じない裏の暗闘が、そこかしこにあった。そして何よりも、警察がどれだけ国民のために頑張っているか、その実態を現場で目の当たりにすることができた。

現場で苦労している人間に報いるためにも、我々キャリアがしっかりしなければならない――そう、心を新たにしたのだ。

澤村は、工藤情報官が率いる内閣情報調査室の参事官補佐に任じられた。いよいよ本格的に、官邸ポリスの中核を担うことになる。

一方、工藤情報官は、検察審査会の審査を受けている最中の山本に、時期が時期だから大人しくしているよう助言し、徐々に表舞台から姿を隠すよう指示した。

九月、検察審査会は山本の事件を不起訴相当と議決したが、こんなヤツは絶対に許さない、と意気込む検察官や検察事務官も多かった。そんななか、山本が顧問を務めるP社の不正について、証拠固めが行われた。

瀬戸副長官は、事前に、官邸関心事項として検察庁と調整していたのだが、一二月に入り、内々に東京地検特捜部の「着報」が届けられた。着報とは、本来、検察庁内部で事件着手に向けた決裁の際に幹部らに上げられる着手報告書と呼ばれる書面を指す。捜査員ほか主要メンバーに配布し、事案説明などに使う。当然、部外秘の極秘書類だ。

そこには、事件の詳しい経緯や具体的なやり取りも書いてあるが、特に官邸との関係の記載はなかった。その旨を、総理と官房長官に報告したうえで、瀬戸は、その日を待った。

着報の通りのことを、一二月五日、新聞が一斉に報じた。

「二〇一四年二月に経済産業省が所管する国立研究開発法人新エネルギー・産業技術総合開発機構（NEDO）からメモリーデバイスの開発に関する助成金を得る際、業務委託費を水増しして約四億円を騙し取った疑いがあり、本日、東京地検特捜部が清川社長ら二人を詐欺容疑で逮捕した」

地検特捜部の地道な捜査が実を結んだ。しかし、当初もくろんだ、霞が関や永田町の関係者の関与までは立件できていない。

工藤が率いる内閣情報調査室、正確には瀬戸副長官率いるエイワンは、この事件に関係して接待を受けたことのある政官界人の名簿を入手していた。が、この時点では使わず、将来のために取っておくことにした。

ちなみに、山本は、年明けに準強姦の被害者に提訴された民事訴訟の口頭弁論があったが、欠席し、その後も目立たないように活動している。

第8章　脱法ネット企業とアイドルの末路

(19)

二〇一七年四月に入って早々、内閣情報調査室情報官の工藤茂雄は、内閣官房副長官の瀬戸弘和に呼ばれ、彼の執務室のソファに座っていた。折り入って相談がある、とのことだ。

瀬戸が口を開く。

「我々が政権安定のためにすべきは、総理および周辺者を守ること、霞が関をコントロールすること、そして、政敵や反政府マスコミを叩くことだ」

「はい、その通りです」と答えながら、工藤は何をいまさら、と不思議に思った。おもむろに瀬戸が付け加える。

「総理が、ネット、特にSNS対策をできないか、とおっしゃっている。反多部キャンペーンを野放しにし過ぎており、よく考えない若者が迎合(げいごう)している、と。反安保法デモ等で、SNSの威力を強烈に感じたらしい」

工藤も同感だった。ネットが基本的には自由な空間であることは分かる。しかし、無責任に言い放題のままで許されるわけがない。

米国国家安全保障局（ＮＳＡ）の協力もあり、内閣情報調査室が個人間のメールまでチェックできる「ネット諜報」が可能になりつつある。が、あくまで特定の人物や特定のキーワードに従って、という条件が付く。業者の協力も不可欠である。

そういう意味で、いまの時代、ネットはテレビ以上に影響力が大きく、厄介（やっかい）な存在であることは間違いない。

そんなことを考えていると、瀬戸から具体的な指令が下りた。

「テレビではテレビ東洋に焦点を当てているのと同様、とりあえず、一点集中でどこかに攻撃を仕掛けたい。至急調査して、候補を挙げてくれ」

工藤は自室に戻ると、内調の国内担当参事官を呼んだ。岩本参事官の後任として赴任していた織田広永（おだひろなが）が飛んできた。

工藤は、瀬戸からの無茶ぶりとも思えるオーダーを伝えた。織田もそう思ったが、誰もが「予防」という観点では諦（あきら）めていたＳＮＳ対策をやることについては興味を持った。早速、部下に調査させることにした。

現在、国内のＳＮＳトップは、ダントツでフェイスブックだ。他に、ＬＩＮＥ、インスタグラム等があるが、外資系はやりにくそうだ。国内系で調査した結果、ネットエージェントとカオスに絞ることができた。

　前者は有名人のブログを多く扱っており、テレビと組んでネット番組もやっている。後者は古参のSNS会社だが、最近はゲームに力を入れ、またチケット売買サービスの会社を子会社として持っていた。

　早速、織田は、こうした状況を工藤に報告した。工藤はすかさず反応する。

「普通だったら、ネットエージェントだろう。でも、あそこの原田進社長は、多部総理に近い灯源社の城田社長と仲が良い。一緒にテレビ東洋の『放送番組審議会』メンバーとして、番組を監視してくれている。だから、やめておけ」

　ターゲットはカオスに決まった――。

　カオスのサイト上には、反多部キャンペーンの醜い書き込みが（カオスのせいではないかもしれないが）氾濫していた。また、ゲームを含むエンタメ業界は、常に新しいことを求めていることから、保守的であることは自己矛盾であり、反体制になりがちである。

　そのうえカオスは、いま話題のチケットの高額転売問題にも関わっていた。事業に関する脱税、ゲームに関する違法広告のほか、攻撃材料は多々ありそうであった。

　チケットの高額転売問題を引き起こしていたのは、カオスの子会社ナガルが運営する「チケットスタジアム」。カオスは創業二年目のナガルを、二〇一五年三月、一一五億円で買収した。こうして買収後の経営方針は、ナガルの佐々木信介社長ではなく、カオスの林健夫社長が決めるようになった。そこで内調においては、カオスおよび林社長についての調査が進められていった。

カオスは日本最大のＳＮＳ会社だが、業績不振の同社を立て直すため、米国に本社のあるコンサルティング会社Ｍ＆Ｃから社長を招き、彼は辣腕を振るった。その前社長を二〇一四年に引き継いだのが、ゲーム担当執行役員の林だった。林は、モバイルコンテンツを提供するＰｏｍＰｕｎからカオスに入社し、ゲーム担当の事業部長をやっていたのだ。ちなみに、ＰｏｍＰｕｎでは不正取引が発覚したほか、何かときな臭い噂の絶えない会社であることも、参考情報として資料には記載された。

社長の林は、自社がＳＮＳの会社であるにもかかわらずフェイスブックもやっており、ゲーム会社を率いているという意識のほうが強いことが窺えた。もっとも、林の投稿は庶民的な内容が多く、それほど悪い印象はなかった。

織田参事官自身は、迷いながら前に進んでいった。瀬戸官房副長官の条件は、次のようなものだった。

「テレビ東洋から反政府コメンテーターを排除したときのように、目立つことはやらない。まっとうに警察力を活用する。つまり、犯罪行為を検挙する過程で大人しくさせる」

織田は、まずNCリサーチの協力を得て、渋谷に所在するカオスおよび同社社長の林を調べることから始めた。しかし以前、別のゲームアプリ制作会社を国税庁に通報し脱税で検挙したときや、スマホゲーム会社を消費者庁に通報して景品表示法違反で挙げたときのようには行きそうになかった。

しかし前記のとおり、チケット売買サイトチケットスタジアムは、チケットの高額転売問題を抱えていた。音楽業界が、チケット売買サイトにおけるコンサートチケット等の高額転売を問題視していたのだ。

二〇一七年四月二一日、織田は衆議院第二議員会館の地下会議室にいた。「ミュージック・エンタメ議員連盟」が、チケット高額転売の防止に向けた現状報告会を開催すると聞き、傍聴しに来たのだ。出張で東京に来ていた澤村と奥田が食事をした後で話題に上った議員連盟の会合とは、このことである。

この議連は、民自党が政権を奪回する前の二〇一二年から、民自党の有志議員が設立し活動していた。それは、以前の民自党政権下で反政府的な態度が強かった音楽業界を味方に付け、ひいては若者の支持を集めるためであった。もちろん、民生党が立ち上げた議連に対抗する意味合いもあった。

また、民生党から政権を奪回した現在、多部・民自政権をより安定的なものにするために必要な別動隊でもある。もちろん、二〇二〇年の東京オリンピックを成功させるためにも、音楽業界の協力は絶対に必要だ。

当初は、著作権の問題を中心課題としていた。しかし、瀬戸官房副長官は総理から、「いろいろな経緯もあり、いまは議連に任せているが、いずれ政府として取り組んでいかなければならない。その露払い(つゆはら)をしてもらっているので、必要なフォローを頼みます」と言われている。総括審議官が呼ばれていたことからも、総理の意向が反映された議連であることが窺われた。

現状報告会にはアーティストの代表が訪れ、チケット転売について意見を述べた。チケットが定価の何倍もの価格で転売されていること、すなわち音楽や文化と無関係な人々が利益を得て、ファンが無駄な金を支払わなければならない状況は許せない、などと語った。織田自身も同感できる内容であり、この声を体現するのであれば、多少強引に事件化しても、世論の賛同を得られると感じた。

チケットの転売は、従来、球場やコンサート会場近くで（反社会的勢力に関係があると言われている）ダフ屋が売買するのが普通である。そのため、反社会的勢力の資金源を遮断することを主目的に、各都道府県の迷惑防止条例を適用して取り締まっていた。

しかし、ネット上に気軽に利用できる転売サイトが生まれたことを契機に、一般人が広く転売を始めた。なかには最初から転売目的で大量にチケットを購入し、荒稼ぎする人間が出てきた。当然、定価で買えず、高く買わされるファンのあいだには不満が募り、ファンに適正価格でコンサートを楽しんでもらいたいアーティスト側も危機感を持っていた。

転売がうまくいかず、結果として、チケットは完売なのに空席が目立つ、などということも発生し、社会問題化していた。

二〇一六年八月のブラジル・リオデジャネイロでのオリンピックでも、悪質な事例が多発した。現地ではネットによる組織的な転売が行われ、開会式のチケットが定価の八倍超の金額で流通していたことが問題になった。そうして転売の疑いがある約二〇〇〇枚の入場券が無効になった。

また、国際オリンピック委員会の理事がチケット売買会社に横流ししていたことが発覚し、逮捕される事件もあった。このような悪質な事例と同様の事態が、二〇一九年に日本で開催されるラグビーワールドカップや二〇二〇年に開催される東京オリンピックで起こらない保証はない。二〇一六年、リオデジャネイロから戻った総理からも、ネットでのチケット高額転売については、対策を指示されていた。

このように多部総理の指示を受け、チケットの高額転売問題については、既に全国の警察を挙げて取り組んでいたが、今回、工藤情報官から織田参事官に下された指令は具体的なものである。そう、チケットスタジアムを叩くことだ。

チケット転売を取り締まる法的根拠である迷惑防止条例上の「公共の場所」でも「公共の乗物」でもないネットを利用したチケットの転売……これについて当初は手をこまねいていた警察も、「売る行為」ではなく「買う行為」について、転売屋がチケットを入手した場所が、たとえばコンビニという「公共の場」であること等に着目した。そうして条例を適用したり、転売目的を隠して購入する行為に対しては刑法の詐欺罪を適用したりして、検挙していった。創意工夫（そういくふう）を積み重ねていったのだ。

しかし、転売目的を立証すること自体が困難であったので、チケットスタジアムそのものを叩くという発想には至らなかった。

（20）

織田参事官は、議員連盟の現状報告会が終わると、工藤情報官に対し、参加者の発言状況等を報告していた。工藤は応接テーブルの上に置いた資料を織田に示した。それは前年、つまり二〇一六年九月の新聞記事であった。

「アイドルグループ風（かぜ）のコンサートチケットを無許可でネット上で転売したとして、北海道警は本日、香川県のフリーターの女（三〇）を、古物営業法違反（無許可営業）の疑いで逮捕した。女は容疑を認めているという」

その記事を指さして工藤が言う。

「過去の事例では、これが印象に残っている」

従来、ダフ行為を古物営業法違反で取り締まるという発想はなかったが、北海道警が初めて成し遂げた。もちろん他府県も、いろいろと工夫してチケットの高額転売を取り締まろうとしているが、なかなか難しかった。

イベントを行う業界側も手をこまねいているわけではなかった。身分確認の厳格化、電子チケットの導入等の取り組みをしていたが、根本的な解決には至っていなかった。総理もことあるごとに、ラグビーワールドカップや東京オリンピックが心配だと懸念を表明していた。そうしてついに、議連に対し、チケットの高額転売自体を禁止する法律の法制化に取り組むよう指示したのだった。

法制化については、省庁に起案させ、政府提案として立法するのが通常で、今回もそういう手がないではなかった。しかし、議員立法のかたちのほうが容易であり、かつ民自党として業界に恩が売れる。そう考えた。

立法は大変な作業だ。ほとんどの場合、課題があっても、まずは自主規制や広報啓発といったことをすべきとされる。そして、なおも改善が見られない場合に初めて、法律を制定する必要性、これを専門用語で「立法事実」と言うが、それが認められる。

　そして法案が作成され、他の法令との矛盾がないかなどを内閣法制局が、それこそ重箱の隅をつつくようにチェックする。法令担当者の月の超過勤務時間が二〇〇時間を超えることさえある。激務が当たり前の官庁勤務のなかでも、法令担当は、その筆頭格だ。それを議員立法でやろうとすると、衆議院等の法制局での審査はあるものの、比較的スムーズに法案を通せると言われている。

　工藤情報官は続けた。

「こういう工夫が大事なんだ。法案は議連に任せるとしても、警察として他にできることはすべきだ。既に、全国の警察官が頑張っているのは分かっているが、サイトの利用者を叩くだけじゃ、カオスに打撃は与えられない。本来の目的について声を大にして言うわけにはいかないが、何としてもチケットスタジアムを叩け！」

　警察庁生活安全局から出向中の織田は即答できなかった。転売サイトはあくまで場を提供しているだけであり、直接的に取り締まる方法を思いつかなかったからだ。まずは転売サイト運営者に対し、転売屋による高額転売を締め出す施策を取らせるところから始めるのが現実的だ。

そう思いながら、工藤情報官の目を見返すと、この尊敬すべき警察官の先達は、こともなげに言う。

「現場を信じろ」……そして「現場のほうがアイデアも持っている」と付け加えた。最後には、「もっと明確に、サイト自体をやれと、警察庁から指示を出させるんだ」と。

まだ迷いのあった織田参事官は、とりあえずナガルのチケットスタジアムの担当者に話を聞くことにした。そうして内閣府としてヒアリングをセットしたが、担当者は、やはり「我々は場所を提供しているだけで、値段は決めていません。そして我々は、利用規約で営利目的でのチケット販売は禁止し、悪質なユーザーにはアカウント停止などの措置を取っています」と答えた。既に十分な対応を取っているかのような言い方だった。

これは、何らかの問題を起こした業者の常套句だ。

「我々は違法な行為は認めていません。注意事項にも明記してあります。あくまで利用者が勝手にやったことです」

しかし、そこから利益を得ているなら、悪用される危険性を排除するのが業者の義務というものである。

また、彼らは「超高額チケット」の取引について、イベント運営会社サイドなどとの連携のもとに処置を検討すべきと考えていると今後の対応を仄めかす一方、ユーザー同士が取引のなかで決めた値段には関与できないと開き直る始末であった。

さらに、「新たなチケット販売の仕組みを構築中」と前置きしながら、「『良い席なら高くてもいい』というニーズもあり、そういうニーズに応えていかないと、弊社が自主規制しても、他のサイトに取引の場が移るだけです」と、自主規制の限界を主張した。

ヒアリングが終了して内閣府のビルを出ると、ナガルの担当者は、すぐにカオスの林社長に電話した。外回りの途中に寄ったカフェでスマホの通話ボタンを押した林社長が答える。

「お疲れ、予想通り、国はくだらないことを言ってきたんだな。みんな、我々の使命を忘れるなよ。我々は、常に開拓者として新しいサービスを提供してきた。規制に従っているだけでは、開拓者にはなれない。一般の需要がある限り、我々はそれに応える義務がある。我々は、お客様のお手伝いをしているだけなんだ。国の言うことは適当に聞いておけばいい。話は後で詳しく聞くけどね」

その様子を、林の行動確認を依頼されたNCリサーチの梅田が、カフェのすぐ後ろの席で聞いていた。当然、林の発言は、すぐに内調の織田参事官に報告された。迷っていた織田の気持ちが、ここで固まった。こんな面従腹背の輩を野放しにしておいてはいけない。

織田から報告を受けた工藤情報官は、官邸ポリスメンバーの矢崎雄志・警察庁生活安全局長に電話し、指示を下した。チケットの高額転売について他人事のように開き直っている転売サイトの運営者に社会的な責任を痛感させるための妙案を検討してほしい、そうした内容だった。そのなかで、一罰百戒（いちばつひゃっかい）の標的について、「チケットスタジアム」と明言した。「カオスにお灸を」という真の目的は伏せて。

矢崎局長は、情報技術犯罪対策課と生活経済対策管理官に検討させることとした。局長室には、水島直之（みずしまなおゆき）・情報技術犯罪対策課長と田中慶（たなかけい）・生活経済対策管理官が呼ばれた。

情報技術犯罪対策課（通称「サイバー犯罪対策課」）は、ネットへの不正アクセス、インターネットバンキングを利用した国際的な不正送金など、いわゆるサイバー犯罪のほか、出会い系サイトを悪用した犯罪、ネットを使った詐欺まで、サイバー空間を悪用した犯罪全般を捜査する全国の警察を指導している。課長の階級は警視長である。

また生活経済対策管理官とは、各種法令を駆使して生活経済事犯捜査をする全国の警察を指導する役目だ。管理官は課長級、階級は警視長である。過去、悪徳商法や闇金等の捜査にも取り組んできた。

矢崎局長は、サイバー犯罪対策課の専門的な知識と生活経済対策管理官の柔軟な発想に期待したのだ。

矢崎局長が水島課長と田中管理官に指示を下す。

「いまに始まったことじゃないが、チケットの転売サイトを運営するネット系の会社がぜんぜん言うことを聞かない。面従腹背なのだそうだ。何か良い方法がないか検討してくれないか。特に、チケットスタジアム。詳しい情報は、内調の織田参事官と連絡を取ってくれ。暴力団員を捕まえるためにスナックでのツケを二項詐欺で問擬するようなかたちでも何でもいい」

それは、たとえ国策捜査と言われようがチケットスタジアムを挙げろ、という指示だった。

水島課長と田中管理官は打ち合わせを行い、サイバー対策課が中心となり、生活経済対策管理官が必要に応じて支援することとした。水島課長は自室に戻ると、道府県警察から出向中の部下たちと検討を始めた。そして、まずは各都道府県警察に対し、「チケットスタジアム等チケットの転売サイト自体の取り締まりについて検討されたい」と伝えた。

そして、「従来の手法に拘泥せず、各種法令を駆使して、かつ創意工夫を凝らして、積極的に検挙に努めよ」という趣旨の一斉通達を流した。

そのうえで、個別に各道府県の担当者あてに電話をして、「うまく転売サイトの運営者を検挙できたら、定時表彰で、生活安全局長内賞を検討する」と伝えた。警視庁は、警察庁長官賞以外は要らない、という高飛車な態度を往々にして取る。が、他の道府県警察にとっては、警察庁の「局長賞」がもらえるかもしれないということは、取り組みに向けた十分なインセンティブになる。その意図通り、各警察本部では、迅速に検討が開始された。

六月になり、兵庫県警のサイバー犯罪対策課が、コンサートの電子チケットを転売目的で購入した人物を詐欺容疑で逮捕した。全国初の電子チケットの高額転売による逮捕である。従来、ネット関係の事案では、ウィニーの事件等でも見られたように、京都府警が先駆者となることが多かった。しかし今回は、兵庫県警が頑張った。県警本部長ＯＢの工藤情報官が裏で激励していたことは言うまでもない。

この事案は転売サイト運営者を罰するものではないが、イベント運営者のチケット転売を防止する施策を後押しするものとしては、非常に大きいものであった。ちなみに、本事件を仕上げた兵庫県警と警察署は、のちに局長内賞どころか、警察庁長官賞を受賞した。

気をよくした矢崎生活安全局長は、水島課長に指示を徹底する。

「兵庫が頑張ってるな。京都と競わせて、チケットスタジアムの運営者を何としてもやってくれ」

そのころナガルの佐々木社長以下担当者が、親会社カオスの社長室を訪問し、林社長に泣きついていた。京都府警や兵庫県警が事件に関連して、「チケットの高額転売に関する情報を提出してほしい」と相次いで言ってきたからだ。

それなりの対応をしていかないとまずいと主張する佐々木たちに、林社長はこともなげに言い放つ。

「転売されたチケットのうち超高額で転売されたチケットの割合なんか大したことない。そんな資料を出しておけば十分じゃないか？　我々は値付けに関与してないんだから、淡々と、必要最小限の捜査協力をしておけばいい」

もちろん林社長は、官邸側の号令で全国の警察が動き出していること、ましてや、この資料提出要求がカオスの政府に対する姿勢を確認する最後の試金石だったことを、まだ知らない。そのため林社長は、この期に及んでも、政府に対する面従腹背の姿勢を貫いたのだ。

一方、工藤情報官も、少々焦っていた。矢崎生活安全局長に電話で告げる。

「一一月までには道筋をつけて欲しい」――なぜなら、その年の一二月七日に、チケットの高額転売を規制するための法制化に向け、衆議院第二議員会館にて「ミュージック・エンタメ議員連盟総会」が開かれ、「特定イベントチケットの転売に関する法律案（仮称）」の概要を承認する予定があったからだ。

京都府警も兵庫県警も、警察庁の期待に応えるべく、着々と捜査をしていた。特に兵庫県警の担当者は、チケットスタジアムのサイトを熱心に閲覧していた。

すると、やはり男性アイドルグループを多く擁するエースプロダクションのチケットの需要が高いようで、扱いも多い。実際にエースプロダクションは、チケットスタジアムに対し、何度もエースの転売チケットを扱わないよう抗議するとともに、何らかの対応ができないか兵庫県警に相談していた。

一一月に入り、兵庫県警の捜査員は、チケットスタジアムのなかで、「エースプロダクション応援キャンペーン」という企画が展開されているのを発見した。売買しているのは個人同士で、チケットスタジアムはあくまで仲介をしているだけという建て前だ。が、売買促進手段の一つとしてエースプロダクション関連のチケットを集め、期間中に売買手数料を無料にするキャンペーンを打ち出し、サイト「エースプロダクション通信」で派手に告知していたのであった。

「見つけたぞ！」と、捜査員は小躍(こおど)りした。実際の商標権者であるエースプロダクションがチケットを提供しているような態様をとっているではないか。これなら、チケットスタジアムがサービス名として捉えられるようなかたちでエースプロダクションの商標を使っていた、と言える。商標法違反で捜査できそうだ。

また不正競争防止法では、他人の商品やサービスを表すための名称などを使用することを「不正競争」行為として禁止しているため、同法でも問擬できそうであった。

エースプロダクションの担当に問い合わせると、ちょうど顧問弁護士と検討していたようで、「ぜひともやって欲しい」とのことであった。

兵庫県警は、早速、警察庁に連絡した。商標法違反は、もともと生活経済対策管理官の担当だ。そして、ネット上での行為なので、当然、サイバー犯罪対策課が絡んでくる。まさに、矢崎生活安全局長が期待したかたちだった。そうして矢崎生活安全局長から電話で報告を受けた工藤情報官は、ニヤリと不敵な笑みを浮かべながら、電話口で宣言した。

「どうせなら、議連総会の当日にガサ（捜索差押）させろ！」

兵庫県警は、官邸ポリスの指令に従った。まさに議連総会の日、一二月七日に、兵庫県警は商標法違反等で、チケットスタジアムに対するガサを実施した。政府、いや官邸ポリスとしての最大のメッセージであった。

これは効果てきめんだった。一週間後、カオスの子会社ナガルは、商標法違反および不正競争防止法違反の容疑で捜査当局による捜査を受けたことを公表した。同社は、これを受け、事実の確認および原因の究明のため、外部の弁護士を交えた調査委員会を設置することを決定。同日にはチケットスタジアムのサービスを一時停止せざるを得なくなった。

さらに一二月末、京都府警は、チケットの高額転売者が転売目的を隠してチケットを購入した詐欺事件の関係先として、チケットスタジアムに対してガサを実施した。そして年明けには、高額転売者だけでなく、ナガルの元社長、佐々木までもが、詐欺の共犯で書類送検された。

　さすがにカオスの社内も慌ただしくなってきた。弁護士を中心とする社内検討委員会でも、侃々諤々（かんかんがくがく）の議論がなされ、結局、チケットスタジアムは、二〇一八年五月末でサービスを終了することを決定した。

　それでは終わらなかった。二〇一八年六月には、法人としてのナガルとナガル元社長だけでなく、カオスの林社長までもが、商標法違反と不正競争防止法違反の容疑で書類送検されたのだ。

　林社長は、同月の株式総会後に任期満了で退任予定だったが、その前に代表取締役を辞任することとなった。ゲームに関しては業績向上に寄与した林社長は、政府に対して面従腹背の姿勢を続けたことにより、晩節を汚すこととなったのだ。

(21)

　既に二〇一七年八月に大阪府警から戻り、内閣情報調査室の参事官補佐として勤務していた澤村は、織田参事官が関わっていたこの案件には直接、携わることはなかった。が、記者としての勘か、奥田麗は関心を持っていた。食事をともにして元麻布にある澤村のマンションで一緒にテレビを観ていたとき、急に質問をしてきたのだ。

「……この事件、芸能界に影響力のあるエースプロダクションだからこそ、警察はやったのかしら？　このタイミングって、何かあるの？　チケットスタジアムを潰したかったということ？」

矢継ぎ早だった。結構いいところを突いている。そう思いながらも、澤村は平然と答える。

「警察は、そんな差別をしないよ。商標について日本は甘い、って言われてるからじゃないのか？　この程度でチケットスタジアムが潰れるとも思ってなかっただろう。ただ、個人的な意見を言わせてもらうと、ネット系は一般的に順法意識が低い。それは感じてるけどね」

奥田は疑わしそうな視線を送ってきたが、「内閣事務官の有に言ってもしょうがないか」と、あっさり引いた。背景を知っている澤村は胸をなで下ろした。

澤村は、その翌日、奥田に聞いた話を工藤情報官の耳に入れた。

「芸能系の記者のなかには、兵庫県警がやったチケットスタジアムの事件は、被害者がエースプロダクションだからじゃないか、やはり大手芸能プロダクションは優遇されるのかなどと言っている者もいるらしいですよ」

工藤はニヤリと笑う。

「そんなくだらないことを言ってるのは、どこの記者だ。見当違いも甚だしい。むしろ俺たち官邸ポリスが利用させてもらったんだがな。もっとも、見え方ってのは大事だ。あんなクソ芸能プロが特別扱いされているように見える危険性は排除しなければならない。だが安心しろ、もう手は打ってある」

澤村は工藤の言葉の意味が理解できなかったが、どうやら内調の別のラインを動かしていたらしい。エースプロダクションが図に乗らないよう、内調が以前からつかんでいた酒癖の悪い所属タレントの情報を、小出しにしていったようだ。

そして、そのうちの一人、グループ「メトロポリス」のYメンバーが、未成年者に対する強制わいせつ容疑で書類送検された。また、未成年者と飲酒を繰り返していた複数の所属タレントのスキャンダルも、週刊誌等で大々的に報道された。

また八月二日、チケットスタジアムを閉鎖に追い込んだ兵庫県警に対し、音楽関係四団体から感謝状が贈呈された。これで、業界団体も少しは体制に協力的になってくれればいいのだが、と澤村は願っていた。官邸ポリスの一員として——。

第9章　霞が関セクハラ地獄

(22)

二〇一八年四月一一日水曜日、翌一二日発売の「週刊真相」四月一九日号の早刷りをパラパラとめくっていた内閣官房副長官、瀬戸弘和の手が止まった。

「……何だ、これは。まずいぞ！」

天を仰ぐ。「週刊真相」の発売日は木曜日だが、通称「早刷り」と呼ばれる速報版を内閣情報調査室が入手し、霞が関や永田町に関係ありそうなものだけ、コピーが瀬戸のもとに届けられる。水曜日は、同誌と「週刊文春」の早刷りを見るのが瀬戸の日課になっている。

瀬戸が手を止めたのは、「田口財務次官、複数の記者にセクハラ！」という記事であった。

財務省の田口俊一事務次官のことだ。前事務次官は、配偶者控除の見直しに関し、財務省内の合意を得ず、しかも「総理官邸の了承を得ている」と与党幹部に対して嘘をつき、暴走した。そのため官房長官と財務大臣の怒りを買い、実質上、更迭された。その後任として就任したのが田口だった。

そういう経緯もあり、須田英臣官房長官からは「次の事務次官は失敗できない」と言われていた。

しかし、盛永問題は財務省のせいで迷走した。そのうえ、このトップのハレンチなスキャンダル……もちろん田口事務次官についても、エイワンに身体検査をさせていたはずだ。

ソファに座っていた瀬戸は、デスクのサイドキャビネットから、財務省に関するファイルを取り出し、田口事務次官に関する資料を探した。

「昭和五七年入省組。同期には、長田みずき参議院議員、佐藤元国税庁長官など、優秀な人間が揃っている。一方で、魔の五七年とも呼ばれ、逮捕者や自殺者も出している期だが、仕事もでき、人望もある。下ネタを連発するようだが、度は越していない。女性記者と二人で飲んだりもしているが、特に問題は見られない」

店での写真も添付されている。薄暗いバーのテーブルを挟んで女性とにこやかに歓談している様子が写っていた。本当にセクハラがあったのだろうか——。

「週刊真相」が直撃取材まで敢行し、トップ記事にしているということは、さらなる証拠を持っているに違いない。最近の週刊誌の傾向を工藤情報官が強調していたことを、瀬戸は思い出した。

しかも、時期が悪い。昨年一〇月、米国ハリウッドの映画プロデューサーによる女優やモデルらへのセクハラ疑惑が報じられた。それを受けて、同国の女優が同様の被害を受けたことのある女性たちに「Me Too」と声を上げるようツイッターで呼びかけたことが発端となり、世界的なセクハラ告発運動が広がりを見せている。

そんななか、清廉潔白であるべき官庁のトップがセクハラでは、シャレにならない。ただでさえ議員にはセクハラをする傾向のある人間が多い。異常な人間は、候補者段階で排除するようにしてはいるが、日本で「Me Too」運動が盛り上がったら、とてもではないが対応し切れない。そもそも、そんなことのために官邸ポリスがあるわけではない。

以前、警視庁でも同種の問題が発生したことがあり、大問題になりかけた。その際は何とか事なきを得たが、今回は放ってはおけない。野党はすぐに行政の長たる多部敬三総理の退任問題にまで発展させようとする。これ以上、国会を空転させせないためにも、それだけは何としても阻止しなければならない。

いずれにしても、この記事の背景と証言した被害者を探らなければならない。そうして瀬戸がエイワンに調査を指示しようとしたとき、デスクの電話が鳴った。官房長官の須田英臣からだった。

「田口事務次官の記事、見ましたか？　まったく、財務省はどうなってるんだ！　財務大臣は、とりあえず事実関係を調査するとだけコメントする予定ですが、急いで事実関係を洗ってください」

瀬戸は恐縮しながら「了解いたしました」とだけ答えた。電話を切ると、すぐに内閣情報官の工藤茂雄に電話する。対応を命じたのだ。

工藤情報官は、官邸ポリスの一員、内調の澤村有参事官補佐を自室に呼んだ。

「今日の『週刊真相』の早刷り、既に見たと思うが、その裏を取りたい。具体的には、事実関係の有無、告発者の人定(じんてい)および告発の意図、それに、二の矢、三の矢の存否だ」

澤村は困惑した表情で答える。

「さすがに、いつも情報交換している『週刊真相』の記者に聞いても答えてくれないでしょうし……とりあえず当たってはみますが」

澤村は内調の大部屋に戻り、工藤情報官からのオーダーを整理した。そして、自分のデスクから奥田麗に電話した。留守番電話になっていたが、すぐに彼女からコールバックがあった。

「どうしたの、私に会いたくなった?」と、クールな奥田が珍しくジョークを飛ばす。少し様子が変なのは、何かをヒアリングしていたのか? あるいは誰かとの打ち合わせか? しかし澤村はかまわず、直截(ちょくさい)に質問した。

「週刊誌に財務次官のセクハラの記事が載るようだけど、同じ女性記者として、何か知ってる？」

　すると中央新聞の記者は、案の定、突っ込んできた。

「それって、有の仕事に関係あるの？」

　澤村は呼吸を整える。ここは嘘をつくしかない。

「……いや、広く情報収集するのが俺の仕事だ。そういう意味では、仕事といえば仕事かもしれない。特に霞が関が絡んでいるので、放っておけなくてね」

　奥田は特に疑っていないようだ。

「うーん、役人はフォローしてないからなあ。でも、有からの頼みだし、社会部とかに聞いてみるね」

　澤村は念のため付け加える。

「でも、無理しないでね。政治部の記者が聞き回ってるってことになると不自然だろうし。もし何か耳に入ったら、教えてよ」

　一方の工藤は、自ら警察庁にも電話していた。相手は、官邸ポリスの一員、野村覚総括審議官だ。

「記者クラブのキャップを通じて、田口財務次官がセクハラを働いていたなら、その相手が誰か、至急、探ってくれ。そして、この告発の背景も」

野村は「了解しました」と答えながらも逡巡していた。いま警察庁記者クラブには女性記者がいない。むしろ、女性記者が多い警視庁記者クラブを利用したほうがいいのではないか。部下であり官邸ポリスの一員でもある山野広太郎会計課長を自室に呼び、意見を聞いた。

警視庁広報課長だった山野会計課長も同意見であった。特に民放記者クラブには女性記者が多数在籍し、報道デスクからのプレッシャーのなか、刑事部や生活安全局の各課長や管理官に食い込み、スクープネタを取っていた。男性記者は、「くノ一たちは、自分の『女』を使ってネタを取っている」とやっかんでいたが、山野は「それも実力のうち」と聞き流していた。

当時の記者クラブでやっかんでいた面々が、いまは各社のデスクになっているはずだ。しかし、最近は付き合いもない。しかも、このネタは、男性デスクに聞いても分からないのではないだろうか。

結論として、この問題は、女性記者からヒアリングできる人間にやってもらうことになった。野村は神山仁（こうやまじん）刑事局長に電話する。刑事局に頼りになりそうな女性がいたからだ。

電話を受けた神山刑事局長は野村の同期で、階級も同じ警視監。前年、福岡県警本部長から戻って着任した。同期のトップ、警察庁長官の第一候補は野村に間違いないが、神山の前任者が警視総監になったこともあり、自分にも警視総監の目が出てきたと張り切っていた。当然、官邸ポリスのメンバーである。

「おう、どうした?」と応じる神山に野村がズバリと用件を切り出す。

「官邸ポリスの特命で、SSB担当管理官の杉原綾(すぎはらあや)を貸してくれ」

SSBとは、「捜査支援分析」の略で、警察庁が二〇〇九年一月から全国で運用を開始したCIS-CATS(シス・キャッツ)の元締めだ。同システムには、全国で発生する事件の状況や、数百万件にも及ぶ容疑者の手口をはじめ、ありとあらゆる情報がインプットされ、管理・共有されている。

このシステムによって、地理分析による犯罪発生状況の照会、個人・盗品・車両の照会、捜査写真やDNAの自動照会が、全国で可能になった。また、車両のナンバーを自動的に読み取るNシステム、あるいは防犯カメラの映像から犯人を特定するなど、最新の科学技術を駆使して捜査を推進する。SSBは、いまや、花形部署である。

だからと言って、刑事の地取(じど)り(現場周辺の聞き込み)や鑑取(かんど)り(容疑者や被害者の関係者周辺への聞き込み)が不要になる時代が来るとは思えないが、捜査の効率化に資しているのは確かである。将来的には、テレビドラマで描かれる「被疑者をプロファイリングしてみました」といった世界が実現するかもしれない。

杉原は、その花形部署を仕切っている管理官（課長級）であり、階級は警視長である。ちなみに、都道府県警察の本部で「管理官」というと、階級は警視。課に複数いることも多いナンバー2クラスの役職である。一方、警察庁の「管理官」は、準課長という位置づけだ。

「分かった。財務次官のセクハラ問題だな？」と神山。さすがに話が早い。が、神山は付け足すことも忘れなかった。

「でも、ＳＳＢもなかなか忙しい。なるべく早く返してくれよ」

もちろんだ。野村は、気の置けない同期に、しっかり約束した。

杉原管理官は、警察庁には珍しい私大卒の女性キャリアである。原子力規制庁への出向後、東日本大震災後に福島県警警務部長として赴任して活躍、論功行賞として警視庁広報課長に抜擢された逸材だ。

広報課長時代は、振り込め詐欺防止の歌を作って自ら歌うなど、「歌う広報課長」ともてはやされたが、男性記者からは「女性記者と女子会ばっかりやっている」と、評判は芳しくなかった。逆に当時付き合っていた女性記者たちとは、現在でも連絡を取り合っている。

神山刑事局長は杉原を自宅に呼ぶと、官邸ポリスからの特命を伝えた。しかし、この日本を強固な国に仕上げる組織の存在を、杉原は知らない。

その杉原は、一月に出向先の北海道警から花形部署に戻ってきて、やっと最新式の捜査支援に関する知識に追いついたばかりだ。各道府県警察から出向している強者（つわもの）たちを指示できるまでになったが、ちょっとした抵抗を示してきた。

「いま全国でさまざまな事案が起きており、その申報（しんぽう）（事件・事故の発生状況、捜査状況、検挙状況等に関する都道府県警察からの報告書類）も、すごい量になっています。その対応もありますし、とてもではありませんが、セクハラうんぬんに関わる余裕は……」

表向きには業務多忙を理由にしていたが、せっかく築いた女性記者たちとの関係を、逆取材によって悪化させたくない、それが抵抗の理由だった。しかも、オヤジのセクハラなんて犬も食わない。

神山も杉原のその気持ちは察した。が、本件は官房副長官の肝煎（きもい）り案件だ。次のステップに上がるためには、このミッションを成功させなければならない。なだめるように言う。

「スパイのようなことをしたくないのは分かる。しかし、これは、女性記者たちを守るためでもある。もちろん、マスコミが面白おかしく扱って、霞が関がマヒしたりしないようにするためでもある。君の将来にとっても悪くない話なのだよ」

直属の上司、しかも、もしかしたら警視総監になるかもしれない人間にそこまで言われると、負けん気の強い杉原でも、首を縦に振らざるを得ない。こうして渋々引き受けた杉原ではあったが、決めたことはがむしゃらにやる生真面目な性格だ。首肯して局長室を出ると、すぐに行動を開始した。

「週刊誌に出てた件だけど、みんなはセクハラ被害に遭ってない？　大丈夫？　何かあったら言ってね。力になるから」と告げながら、杉原は片っ端から女性記者に電話をかけた。

その結果、いくつかのことが分かった。まず女性記者たちは、会社から、多少のセクハラは受け容れながら取材を貫徹するように、と言われている。相談に乗ってもらえるムードではないらしい。特に民放に、その傾向が強い。触ってきたりしない限り、下ネタ程度なら慣れっこになっている。が、ちょっとした言葉でも嫌悪感を露にする女性もいる。こんなところだ。

そして、財務省担当の記者クラブである「財政研究会」所属のテレビ東洋の記者が、周囲にセクハラを相談していたという情報も入手した。これらの情報は、中間報告として、工藤情報官に伝えられた。

(23)

そのころ澤村も、奥田麗から連絡を受けていた。

「財務次官は下ネタが好きだし、記者を何人も誘ってる。特にテレビ局の娘が好きらしい。だから被害者がいるとすれば、テレビ局の記者だと思うの。そして、一番臭いのがテレビ東洋。すごく真面目な記者らしいの。女を使うタイプではなく、きちんとジャーナリズムを探求したいタイプなんだって。だから女を使ってでもネタを取って来い、という上司とぶつかっているらしいわ」

澤村は深刻な表情になる。

「それは酷いね……最低な次官だと思っていたけど、加害者は次官だけでなく、会社もなのか。セクハラの本質そのものだね……ところで麗の新聞社は大丈夫なのか？」

「うん、誘われることもあるけど、適当にかわしてる」と奥田。澤村は無理に無関心を装い、さらに聞く。

「それならいいけど、第二弾とかあるのかね？」

奥田は「そこまでは分からないわ」とだけ答え、電話を切った。

当然、澤村は、工藤情報官にこの情報を伝えた。杉原管理官からの情報と澤村からの情報が合致している。間違いないだろう。二の矢が飛んできたら、断固とした処置をしなければならない、そう工藤は覚悟を決めた。

すると案の定、「週刊真相」が次の号で、証拠として音声データを公開した。それにもかかわらず、財務省は次官本人から聴取したのみで、「でっちあげ、事実無根、名誉毀損で刑事告訴も検討」と、強気の発言を繰り返していた。

瀬戸は、官房副長官室のソファでイライラしていた。ここまで来ると、実際はどうであったかよりも、どう見えるかが問題だ。明らかにフェーズが変わってきている。証拠を突き付けられての言い訳も見苦しければ、財務大臣の答弁も舌足らずである。波紋は広がっていくばかりだ。

こんな次元の低いことばかりに振り回されていたくない。国家のための本来業務に戻らなければならない。デスクの後ろに張ってある日の丸と旭日章の旗を見つめながら、改めて意を強くした。

デスクに戻ると、受話器を取り、工藤情報官の番号を押す。

「もう時間がない、今週でカタをつけてくれ」

杉原管理官は引き続き、情報収集に奔走していた。が、まだ被害者がテレビ東洋のA記者と断定するには到らない。如才ない杉原は、昔なじみの記者に当たるだけでなく、現警視庁広報課長の石丸啓治にも協力を要請していた。すると、広報課の雑誌担当の調査で、あっけなく「週刊真相」の本件担当記者がSであることが分かった。

そこで杉原は、動いた。警視庁のＳＳＢＣ（捜査支援分析支援センター）に連絡し、Ｓの携帯電話の最近の通話履歴を、携帯電話会社に照会してもらった。もちろん、セクハラ記事に関してという名目では無理だ。Ｓ記者が暴力団に関する事件記事を書いていることに着目し、彼が現場に居合わせた疑いに基づく捜査関係事項照会というかたちにしたのだ。

この奇策により、Ｓが頻繁に連絡を取っていた電話番号から、女性記者はＡだと特定できた。すぐに杉原は、テレビ東洋の知り合いの仲介でＡと連絡を取り、退庁後、神谷町のファミレスで会う。自分も女性としてＡを助けたいことを伝え、彼女を守ることを条件に、いくつか確認した。

そこで分かったことは、テレビ東洋は各部門でトップを走る日本テレビに異常なライバル心を燃やしていること、結果、どんな手を使ってでもスクープを取るよう現場の記者に対するプレッシャーが強いこと、田口事務次官に直接触れられてはいないが下ネタには嫌悪感を持っていたこと、などだ。

Ａはそれをデスクに相談したのだが、「記者として情けない」と叱責され、「下手に告発してネタをもらえなくなったらどうするんだ」とまで言われたらしい。また、あの音声データ以上のものは「週刊真相」も持っていないことも分かった。

杉原の予想を超えるものではなかった。というより、警察官の多くが感じているテレビ東洋の醜さを確認したような内容だった。Ａ新聞が売国新聞なら、テレビ東洋は日本をダメにしている筆頭格のテレビ局である。

ちなみに、警察官にも人気の刑事ドラマ「パートナー」まで、最近は、無意味に政府の隠蔽体質や環境問題を扱い、どんどん左寄りになってきている。そのため、このドラマに嫌気を感じ始めた警察官も多い。

そんなテレビ東洋が、前時代的なセクハラに寛容な、いやセクハラを我慢させて隠蔽する古い体質の会社であるとは、皮肉なものだ。女性キャリアの牽引者の一人と自任している杉原は、呆れ果てて、ため息をついた。

一般に、報道担当記者は特ダネを追っているイメージが強いし、実際にそうなのではあるが、それ以上に、特オチ、つまり他社が書いているのに自社だけが書いていない状態を恐れている。

取材相手を怒らせてしまうと、出禁、すなわち執務室への出入りを禁じられる。そこまでにはならなくても、意図的に情報を伝えてもらえなくなることもある。こうした嫌がらせを受けるのだ。

記者クラブの存在は雑誌社等から批判されるが、記者クラブに在籍する記者にとっては有り難い制度だ。記者会見やピンナップ（張り出し）のお陰で、特オチを防げるからだ。しかし、そんな条件下で特オチなどしでかしたら、目も当てられない。

だからといって、テレビ東洋が社員に優しい会社だとは到底思えない。杉原がテレビ東洋に対して持っていた嫌悪感はますます増していった。

杉原は、勇気を出して証言してくれた女性記者Aに礼を言って別れた。そうして翌朝に登庁すると、朝一番で刑事局長室に飛び込み、神山に報告した。

「よくやった」と神山に言われ、杉原は少し報われた思いがした。自室に戻ると、つい笑みが漏れてしまった。その様子を、彼女の部下たちが訝しげに見ていた。

(24)

まだ終わっていなかった。仕上げが必要だ。

神山刑事局長から状況を聞いた野村総括審議官は、事前に瀬戸官房副長官と連絡を取ったうえで、動いた。

広報室長に電話をして、警察庁記者クラブに所属するテレビ東洋のキャップを自室に招く。キャップは暇を持て余しているところだったのだが、ちょっと嫌な予感がした。こっちがアポを取って押し掛けることはあっても、呼んでもらったことは一度もない。しかも単独で。当然、いま話題になっている件だろう。だいたいの目星をつけながら、記者クラブと同じ一九階のフロアにある総括審議官室に向かった。

警察庁の一九階には国家公安委員会や長官室があるので、その廊下の一部には赤じゅうたんが敷かれており、独特のムードを醸し出している。

爽やかな笑顔で、どうぞ、と促す秘書に軽く会釈をしながら、キャップは総括審議官室に入った。

「キャップ、わざわざすいません」と、野村がソファに座るよう手招きする。秘書がテーブルにコーヒーを置き、部屋から出ていくと、野村が話し始めた。

「他でもない、いま巷で話題になっている財務次官のセクハラ問題、貴局の記者だそうですね？」

キャップは野村の目を見返した。その目は真剣そのものだった。野村の性格からして、証拠もなくブラフをかけてくるはずがない。今後のことを考えると、ここでとぼけてもいいことはない。正直に答えた。

「ご存じでしたか……でも、どうして？」

もちろん野村は、そんな問いには答えない。ズバリと言う。

「番組で公表されたらいかがですか？　つまり、被害者はうちの記者です、と発表したほうがいい、そう申し上げているのです」

　キャップは困った。Ａ記者には「二次被害が怖いから言わないほうがいい」と口止めした。安易に「そうですね」とは言えない。また下手に報道すると、一般視聴者から、局側が女性記者にセクハラの受忍を強要していたと取られかねない。そして、それゆえに音声データを「週刊真相」に持ち込んだことが白日の下に晒されてしまう。

「ウチとしても、他社にネタを持ち込んだのが社員だとは言いにくい。その点は、ご理解いただきたいのですが……」

　野村総括審議官は苦々しい表情を浮かべて言う。

「新聞やテレビの記者が、自社で扱ってくれないネタを他社に流して小遣い稼ぎするなんて、日常茶飯事じゃないですか。何をいまさら」

　キャップは黙ってしまった。野村はここぞとばかり追い打ちをかける。

「貴局が公表しないなら、政府の調査で判明した事実として、官房長官に記者会見で話してもらってもいいんですがね」

　野村は、官房長官秘書官時代、経産省ＯＢのコメンテーターがテレビ東洋の報道番組に出演し、総理や政権を揶揄するような発言をした際、官房長官の代わりに電話をかけたことがある。そして、「もうヤツを出さないでください。偏向報道の極みでしょう」とクレームを付けたことを思い出していた。

そのころ、この番組のキャスターは常軌を逸した左翼的発言を繰り返し、それをさらに売国奴の経産省OBが増幅させていた。政権にとって、いや日本にとって、百害あって一利なしの劣悪報道番組……その報道を自粛させる役目だったのに、今回はむしろ積極的に報道させようとしており、自分の不思議な運命を笑ってしまう。

キャップは了解するしかなかった。財務省は相変わらず「事実無根だ」と主張しているが、財務省に対して厳しい政府が事実関係を先に発表したら、財務省だけでなく、自分の局までが被弾することになる。

キャップは憂鬱(ゆううつ)な気持ちで総括審議官の部屋を出て、急ぎ六本木の自社に戻った。唯一の救いは、見送ってくれた総括審議官の秘書の屈託のない笑顔だった。

テレビ東洋の報道局の会議室にはデスクらが呼ばれ、報道局長以下が会議をしていた。もっとも選択の余地はない。政府が既に事実を把握しているのなら、先に発表しない限り、テレビ東洋が隠そうとしていたことになる。女性に優しくない職場、というレッテルを貼られるのも好ましくない。視聴率だけでなくイメージまで、日本テレビに差をつけられたくない。

結局、「二次被害を防止するために告発を思いとどまるように言ったが、結果として他社にデータを持ち込まれてしまい遺憾だ」というトーンで発表することに決まった。

職場で報道を観ていた澤村に、奥田から電話が入った。

「いま、テレビ観てた？　私の情報収集能力も、まんざらではないでしょ？　テレビ東洋の記者の件は、あなたの仕事に役立ったかしら？」

澤村は素直に礼を言った。ただ、記者を調べていた真の目的は言えないので、慎重に答えるしかない。

「ありがとう。霞が関や永田町界隈のネタをフォローするように言われていたからね。上の人たちも鼻高々だろう」

もちろん「上の人たち」は、別の経路からも正確な情報を得ていたのだが——。

翌日、前日の報道を受け、理由にならない理由を並べて全面否認をしていた財務省および田口財務事務次官も、白旗を掲げるしかなかった。

瀬戸官房副長官は、工藤情報官から一連の状況報告を受けた。

「大変だったな。関係者によろしく伝えてくれ。最初からセクハラ発言を認めていれば、こんな大袈裟なことにならなかったのにな。これでまた、次の財務大臣の任免協議の準備が必要になるが……」

瀬戸は渋い顔をした。瀬戸は七〇〇人弱の霞が関幹部の人事を牛耳る内閣人事局長を兼任している。総理、官房長官、当該省庁の大臣が参加して、幹部人事の原案を相談するのが「任免協議」だ。瀬戸の最も重要な業務と言える。そのためにはエイワンによる身体検査が必要なので、霞が関に睨みを利かせながら官邸を支えることができる。

「これで、さすがの財務省も大人しくなるだろう。加えて、反体制的な報道ばかりやっているテレビ東洋にも貸しが作れた」

そこまで言って、瀬戸はソファから立ち上がる。窓のところまで行き、工藤情報官を振り返って言った。

「ところで、もしテレビ東洋が公表しなかったら、本当に官房長官にしゃべらせるつもりだったのか？」

工藤はニヤリと笑う。

「私にそこまで大それたことはできませんよ」

二人は敬礼を交わした後、それぞれの任務に戻っていった。

なお、「週刊真相」の担当記者Ｓを突き止めた石丸広報課長は、その論功行賞人事か、夏の異動で内閣情報調査室に着任した。

第10章　抹殺された総裁選候補

(25)

二〇一八年三月上旬、警察庁総括審議官の野村覚は、二階分の階段を下りて、一七階にある組織犯罪対策部長室を訪れた。もちろん、事前に秘書に電話をしたうえだが、組対部長は同期の津田基紀なので、気軽に訪れた。

津田は「なんだよ、総括審議官殿がわざわざ、電話でもいいのに」と言う。

階級が同じ警視監といっても、警察庁長官または警視総監が内々定したも同然の同期には、どうしても引け目を感じる。そんな津田の気持ちを察し、野村は笑いながら言った。

「同期の顔を見に来たんだ。たまにはいいだろ？」

よく言うよ。毎週水曜日に会っているではないか。津田はそう思ったが、官房の要職に就いている総括審議官がわざわざ来たのだから、邪険にするわけにはいかない。まずは社交辞令的に聞いた。

「国会開会中は、総審って大変だよな。先生方に振り回されているんじゃないか？」

「まあな。でも、財務省を筆頭に、他の役所がだらしないから、我々が頑張らないといけないんだ」と、野村はやけに肩に力を入れて言う。野村は続けた。

「さて、山口組の分裂抗争は落ち着き出したかな？　最高級幹部を次々に検挙する頂上作戦は、いまのところ順調なの？」

我が国最大の指定暴力団・山口組が三つに分裂して、相変わらず小競り合いを続けている。警察としては、一般人が巻き込まれないよう見張るとともに、このチャンスに暴力団の弱体化を狙っていた。

津田部長は、面を食らった。野村は自分の前任者だが、いまは警察庁のナンバー4。国会等渉外担当の総括審議官だ。その彼が、いきなり暴力団の話……訝しむのももっともだった。

「……おお、いまのところはな。でも、野村の仕事に何か関係があるのか？」

同期だからと、いきなり本題に入ってみた。野村も視線を外さずに真正面から答える。

「実は、相変わらず、議員の周辺に、反社会的勢力がうろついているらしい。これから二〇二〇年の東京オリンピックもあり、さまざまな利権にありつこうとしているのか、接触しようとしてくるらしい……」

野村ほど正義感の強い男はいない。ここは茶化すのはやめておこう。津田は真剣な表情を作った。野村は続ける。

「……当然、大臣クラスは、既に身体検査をしてあるが、漏れもある。それを狙って、あの手この手で接近してくる連中を政府に近付けてはいけない、そう瀬戸官房副長官から直々に言われたんだ」

「もちろん、あらゆるところから反社会的勢力を排除していくのが我々の仕事だ。粛々とやっていくよ」

津田はそう答えて、「野村は一体、何を企んでいるのだろう」と思った。しかし、野村の頼みは至極まっとうな内容なので、無難に続けた。

「分かった、議員がらみで何かあれば、連絡すればいいんだな？　そちらも具体的な情報があれば、ぜひ連絡してくれ」

津田は後に、これが野村なりに仁義を切ったのだ、ということを知る。

その前日、官房副長官の瀬戸弘和は、自室で内閣情報官の工藤茂雄と話していた。

「そろそろ、我が官邸ポリスの仕上げの段階に来た。ここまで、君たちの活躍で、多部総理は危機を乗り越えてこられた。このまま総裁選も制して長期政権を達成してもらい、我々の存在を確固たるものにしよう。ついては、総裁選の対抗馬たちについて、情報を収集してもらいたい」

多部敬三が民自党の総裁に再選するということは、多部政権の継続を意味する。三期目となる長期政権だ。現在の我が国には、ろくな野党がないのはもちろん、民自党内にも多部総理に代わり得る人物はいない。

マスコミの論調は、「長くなったから替わるべきだ、弊害が大きい」だが、そんなステレオタイプの意見など笑止千万だ。国民がそんな安易な考え方に流れないよう、エイワンがしっかり支えなければいけない。

もちろん多部総理は、瀬戸らに対し、自分から「総裁選対策も頼む」とは一言も言っていない。そもそも親しい山本巧記者による準強姦事件のときでさえ、総理は何も要求していない。総理に言われなくても、我が国にとってベストな選択をして、オペレーションを遂行するのだ。それを「忖度」と呼ぶなら呼ぶがいい。しかし、やり遂げなければならない。

それには、まず、卓越したセンスが要求される。瀬戸と工藤には、それがあった。そして、その方針を実行するためのアイデアと実行力を持つのがエイワンだ。二〇二〇年の東京オリンピックを成功に導くためにも、官邸ポリスの完成が必要なのだ。

工藤は端的に言う。

「女性の野口里子大臣は、配偶者自身およびその交際者に問題が多いので、出馬おろしはそれほど難しくはないと思いますが、外務大臣も務めた桐生文男政調会長は、悪い評判も特になく、無難ですよね。言い換えれば、良くも悪くも目立たないタイプですから」

瀬戸も頷く。

「最有力の対抗馬は、いまは無役の元防衛大臣、岩垣重見だ。一時期、私もいいかなと思ったが、残念ながら我が国を任せる気にはなれない。あのソフトかつ誠実そうなしゃべり方のせいか、国民にはそこそこ人気はあるが、彼が外交の顔になるのを想像すると、正直ゾッとする」

工藤が付け加える。

「後は、元総理の御子息、宗次郎氏の出方ですかね？　もともと岩垣派でしたし」

瀬戸は、右手の人差し指を、そうだそうだというように振りながら言う。

「彼も馬鹿じゃない。自分は次かその次でいいと思っている。だとすると、今回、明確に岩垣に付くのは避けると思うが、ギリギリまで分からんな」

さらに瀬戸が続ける。

「四人が総裁選に立てば、反多部総理の票が割れ、多部総理の勝利は確かだろうが、しこりが残っても嫌だ。降りた人間が結集するのも避けたい」

瀬戸の不安を受けて工藤は、しばらく考えを巡らせていた。が、やおら切り出す。

「……出過ぎた考えかもしれませんが、改めて三人の身体検査をして、うち二人には事前に降りてもらうのはいかがでしょうか？　全員が降りてしまうと、それはそれで、独裁だ、となるので、一騎打ちで勝利、そして対抗馬もきちんと処遇してもらう、というかたちがよろしいかと」

「具体的に何かいい方法はあるかな？」――瀬戸の双眸が光る。工藤は我が意を得たりというように声を張り上げた。

「そうですね。野口大臣は、配偶者がらみの話を突けば簡単に落ちるでしょう。が、桐生政調会長は、お金関係も女性関係も綺麗だと聞いておりますので、簡単ではないと思います。次の総理としてふさわしいかという点について、実質的にどうかというよりも、どう見えるかという点を突くべきでしょう」

「具体的には？」と瀬戸。工藤は瀬戸が同意しつつあることを確信した。

「知らずに変なところに出入りしてしまっているとか、怪しい人物や会社との交際が疑われるとか、ですかね」

　ここで瀬戸は方針を決定した。

「では、しばらく、それぞれの候補者が参加した会合の出席者や会社を洗ってくれ」

「承知しました！　野口大臣や政調会長については、警視庁のＳＰから行動を報告させますが、岩垣元大臣は無役……SPが付いていないので、党のほうから予定に関する情報を入れてもらえるよう依頼していただけませんか?」

「分かった」と、瀬戸は力強く頷いた。自分の後継者はこの男だと、その目が語っている。

瀬戸の指示を受け、工藤は警察庁の野村総括審議官にそれを伝えるとともに、内閣情報調査室にも指示した。野村が津田を訪ねたのは、その後だ。

野口大臣の配偶者に関しては、既に内調にそれなりの情報の蓄積があったが、米国に倣った諜報システムやアングラ雑誌の記者などから、さらに濃い情報が集まった。

改めてデータベースを叩くと、実は、配偶者は元暴力団員。前科二犯だということも確認された。ファーストジェントルマンにふさわしいとは、とうてい思えない。現在は更生した、などといった次元の問題ではない。残念ながら、過去の黒い歴史は一生ついて回る。ファーストジェントルマンになるのは絶対に無理だ。

ちなみに、指定暴力団に関する情報は、警察庁のデータベースにある。反社会的勢力の追放のため、日本証券業協会(日証協)とだけはオンラインでつながっている。また不動産取引に関しても積極的に情報提供するよう、警察庁から全国に通達されている。だが、それ以外は、人権尊重の観点から、暴力団員であるという情報は提供されない。

　また最近は、いわゆる半グレなど、特定の組織には属さないが違法な行為を生業（なりわい）とする連中も多い。警察庁のデータベースに載っていないから反社ではない、ということにはならない。さらに、そもそも暴力団員としての登録情報は、離脱後五年で抹消されるので、五年以上前に組を脱退していると、調べても分からない。

　ただ、野口大臣の夫の経歴については、過去の新聞でも確認された。週刊誌も特集を組んでいる。ある程度、公知の事実となっていた。もちろん、内調の資料室にあるスタンドアローンのパソコンにある、元暴力団員情報データベースにも残っていた。

　この種の資料は、民間では、一部が全国銀行協会（全銀協）のデータベースにあるとされている。本来、五年で消去すべきだが、「過去そうだった」という事実はリスク管理の観点から残しておくべきだ、というのが全銀協や各銀行の考え方だ。

　ところで、警察が取り組んでいる暴力団対策は、頂上作戦だけではない。アメとムチのムチだけではないのだ。

　アメもある。組員の組からの「離脱支援」だ。警察に脱退届を出し、それが確認されれば、暴力追放運動推進センター等が就職支援を行ってくれる。以前と違い、新規に組員になる者が少ないなか、組を抜ける者が増えれば、確実に組織を弱体化させられる。しかし、組を辞めても、なかなか食い扶持（ぶち）を稼げない。偏見も消えない。だから、警察関係団体で協力会社を募って橋渡しをしよう、という画期的な取り組みだ。

もっとも、この施策にも弱点がある。それは、取り締まりから逃れるために「偽装離脱」する組員がいることだ。離脱の確認は、そう簡単ではない。そこで、何らかの事件で俎上(そじょう)に載った人物が実際に組員なのかどうかということは、捜査員が関係者から聴取して確認する。しかしこれも、近年、非常に難しくなってきている。

かつては現役の組員から情報を取れたのだが、いま山口組ほか暴力団は、総じて警察との接触を禁じている。そのためなかなか情報が取れないのだ。そこで、「できる」捜査員は、協力者たる元組員から情報を得ている。

これが、野村総括審議官と津田組対部長の打ち合わせに繋がる。野村は、警察本部長経験がないこともあり、前職ならいざ知らず、直接、調査を依頼できる先がない。そのため、同期の津田に事前の根回しをしたのだ。

現場からの報告によると、野口大臣の夫と暴力団との直接の関係は切れているものの、かつて経営していた高級焼き肉店のグレーな客や、問題のある芸能人と交際している。そこから、既に警察の監視対象者となっているタレントGとの関係が浮上した。

Gについては、アングラ雑誌の記者が張り付き、薬物関係での逮捕情報が流れたこともある。また、通称Gコインと呼ばれた仮想通貨の詐欺的な販売の広告塔も務めており、うさん臭いことこのうえない。

さて、これを世間にどう流そうか、と工藤が瀬戸と知恵を絞っていたのだが、野口大臣が勝手に転んでくれることとなった。

七月一九日、A新聞が、「無登録の仮想通貨業者を同席させ、金融庁に説明要求をしていた」などの事実を報道したのだ。それが夫の友人たるGの依頼によるものとされ、エイワンが仕掛ける必要はなくなった。

多部総理は、女性の活躍を支援する姿勢を示すため、無理に女性閣僚を誕生させてきた。総裁選にも女性を立たせようとしていた。が、野口大臣については、自爆に終わったと言えよう。

次は、桐生政調会長。これまでスキャンダルらしいスキャンダルもなく、多部の次の総理として最有力とされていた。派手さはないが、堅実な印象である。多部総理が続投しないなら、エイワンとして担いでもいい人物ではあった。

しかしいまは、多部総理の三選が至上命令だ。多部総理の勝利のためには非情にならなければいけない。

ところが、さすが桐生だ。NCリサーチによる尾行も効果はなく、何も出てこなかった。

そこで、年初まで遡って、桐生政調会長が出席した会合の出席者を内調に洗わせたところ、彼の支援する武田正造衆議院議員の賀詞交換会の出席者に、極北連合の武闘派組織の元副会長、八代勝太が出席していたことが分かった。出席者名簿と反社データベースの突き合わせから、内調の総務班がつかんだのだ。

もし八代が現役なら、民自党のプリンスと大物ヤクザの親密交際となり、大スキャンダルになる。彼個人だけでなく、民自党全体が批判される危険性さえある。そこで、工藤情報官に指示された野村総括審議官が、今度は津田組対部長に依頼し、県警に現在の状況を確認させた。すると、八代は、現在はキックボクシングジムを経営するなど、暴力団とは直接関係なさそうだ、との報告があった。

同時に、内調が課報システムを使い、SNS等をチェックしていると、なんと八代元副会長自身が桐生政調会長と握手している写真をSNSにアップしていることが判明した。

八代が現役でないことは確認できていた。が、桐生が総裁選に出馬表明してから交際の事実が表に出ると、民自党全体が批判されることも考えられる。そこで、写真がSNSに出ている以上、どこかがかぎつけるのは時間の問題であることを官邸にも報告したうえで、写真週刊誌に情報を流した。

もちろん桐生政調会長には、「今回は自粛して多部総理側に付けば、次の候補としての可能性は残るであろう」と、民自党関係者を通じて伝えた。桐生政調会長を推していた三田俊行幹事長も、そのことを伝え聞いて、今回は手を引くのが得策だと判断した。

(26)

民自党総裁選は新聞社の政治部記者にとって格好のネタであるため、奥田麗もバタバタと動いていた。しかし、早々とライバルが二人消え、多部総裁の三選がより現実味を帯びてきたので、奥田は白けてしまった。そして、澤村に電話したのだ。

「つまらない総裁選だわ。ほとんど不戦勝ね。でも、あなたは多部総裁にもう一期やって欲しいんでしょ?」

それはそうだ。特命も下りている。ただ澤村は、視点を変えて聞いてみた。

「二人とも自爆だったね……ところで、女性の目から見て、野口大臣ってどんな印象なのかな?」

奥田の答えは政治部の記者らしいものだった。

「政治家の家系にいる女性議員のなかでは、とてもまともな人よ。まあ、旦那はちょっと変だけど、他よりマシなのは確かかね」

それを聞いて澤村は笑ってしまった。

「ほら、マシというレベルだろう？　そんな政治家に、日本のトップを任せられるのか？　俺は、日本国に忠誠を誓った国家公務員ではあるが、民自党員ではない。冷静な目で判断しているつもりだ」

しかし奥田は止まらない。

「でも、政調会長のほうは、誰かが嵌めたんじゃないの？」

半分は当たっている。さすが澤村が見込んだ女だ。


最後に残ったのは岩垣元防衛大臣だ。公の役職に就いていないこともあり、行動の把握が難しかった。また、そのイメージ通り、実際に問題は見られないようだ。

そうこうするうちに野口大臣と桐生政調会長が脱落したので、対抗馬を残しておいたほうが良いという判断になった。そうして岩垣の調査については打ち切りになったのだ。

それを感じたのか、岩垣は、多部総理を挑発するような発言を繰り返すようになった。岩垣は、討論を自分に有利に展開させるスマートさを持つ。民自党内にも多選を良しとしない議員もいるうえに、岩垣が見た目と違って語り口がソフトなため、実質を知らない（議員でない）党員には人気がある。票を集めるかもしれない。

そこで、瀬戸副長官以下エイワンは、総裁選がワイドショーの中心ネタにならないよう、日本大学アメフト部の問題から続く、スポーツ界でのパワハラ問題を、次々と表面化させた。そして、訴えている側を密かに応援したり、新たなネタを提供したりするかたちで盛り上げていこうと画策した。

しかし、あにはからんや、近年の異常気象により毎月のように大災害が発生したため、それらに関する報道が自然と増えた。当然、多部総理の危機管理能力の高さをいやが上にも際立たせることとなった。実態は、内閣危機管理監の活躍によるものだったのではあるが。

ちなみに、この内閣危機管理監も元警視総監だ。つまり、瀬戸官房副長官のもと、事件関係は工藤情報官が、自然災害は危機管理監が、という盤石の体制ができ上がっていたのである。そう、官邸ポリスが完成する日も近い。

そして、その官邸ポリスが支える多部敬三は、その意味では「持っている」政治家だった。

――九月、予想されていたよりも接戦とはなったが、三期目の多部総裁が誕生した。

第11章　国家安全保障局の逆襲

（27）

やっと総裁選の道筋がついたと、ひと安心していた内閣情報官の工藤茂雄は、突然、内閣官房副長官の瀬戸弘和の執務室に呼ばれた。妙な胸騒ぎを覚えながらも、急ぎ向かう。民自党総裁選の前月、二〇一八年八月のことだった。

瀬戸は工藤を手招きしてソファに座らせると、すぐに口を開いた。

「総裁選は、無事にやり過ごせそうだな。結果として、有力な対抗馬がいなくなり、どういうわけか一般党員に人気がある元大臣との一騎打ち、という絵が描けた。一方で、いろいろ仕込んであったスポーツ関連のパワハラ問題が連日ワイドショーを賑（にぎ）わせているので、総裁選がワイドショーネタにされずに済んでいる。良かったよ、お疲れさま」

工藤は苦笑しながら答える。

「いえいえ、偶然の産物もありましたから。それに、不謹慎ですが、広島での大豪雨など災害時の対応を見れば、国民も、いまの総理にそのまま任せようという気になるのではないでしょうか。それよりも、お呼びになった件は、別のことですね？」

瀬戸がニヤリとしたあと、すぐに真面目な顔に戻る。

「これで総裁選が終われば、二〇二〇年の東京オリンピックに向けて、いろいろと仕上げていかなければならない。当面は、北朝鮮の動きはもちろん、各国のテロリスト情報が入るよう、盤石の体制を敷かなければならない。そっちの調子はどうだ？」

工藤は淡々と答える。

「北については、副長官もご存じの通り、先月、総理の特命を受け、ベトナムで拉致協議を名目に高官と会ってきましたが、当面大きな動きはないと思われます」

少々もったいぶるように、工藤は間を空けた。

「次に、国際テロに関して……抽象的な説明になり恐縮ですが、逐一（ちくいち）お耳に入れさせていただいている通り、重要な情報については、引き続き、各国の大使館に出向している書記官等から直接、国テロ課（警察庁警備局外事情報部国際テロリズム対策課）に入れさせております」

海外の日本国大使館には、警察庁からポリスアタッシェ（警察からの書記官や警備官）が、防衛省・自衛隊からはミリタリーアタッシェ（防衛駐在官等）が、外務省に出向するかたちで派遣され、制服外交を展開している。一般にはあまり知られていないが、国防や治安に関する重要な海外情報の多くは、外務省関係者が収集しているのではない。警察や自衛隊から派遣された制服組が、現地の制服組から情報を得るのがほとんどのケースだ。

しかし建て前上、制服組が大使館員として、つまり外務省職員として得た海外情報は、公電等のかたちで、一元的に大使館から外務省に伝えられることになっている。が、ポリスアタッシェから警察庁へ、ミリタリーアタッシェから自衛隊への連絡も、出向元への定期連絡という名目で黙認されている。そのため、国防や治安に関する海外情報に関しては、むしろ外務省は蚊帳の外にあった。

警察も自衛隊も、以下のように考えている。治安・国防に疎く、それらに関する情報を扱うセンスのない外務省に知らせる必要はない、むしろ知らせたら外に漏れるので、百害あって一利なしだ、と。

そう思っている代表格の工藤情報官は、付け加えた。

「もちろん、我が内調の国際テロ情報集約室に速報させ、他の情報と一緒に分析し、政府として情報の共有を図り、対応に抜かりがないようにしております。もっとも北については、国自体がテロリストみたいなものですから、テロ情報と軍事情報の境が若干怪しいですが」

瀬戸副長官は満足げに頷いていた。が、ふいに窓に目をやると、どこから言うべきか少し迷っているような表情を浮かべた。

「……最近、国家安全保障局長が、情報の共有や仕事のデマケ（デマケーション：境、区分け）を話題にすることが多くなったんだよ」

やはり、あのことか。工藤もすぐに分かった。

「先ほど触れた、ベトナムでの件ですね」

瀬戸は頷きながら言う。

「表向き、拉致問題だから、君が行くこと自体は構わないのだが、米国との関係もあり、もう少し早く情報共有してほしかった、ということらしい。国家安全保障局としても把握しておくべき情報だと、厳しく詰め寄られてね……」

工藤は瀬戸の心中を察し、先回りして言った。

「なぜ事前に知らせないんだと米国に怒られた、ってとこですね？」

瀬戸が苦笑する。

「おそらく、な。でも、米国大統領は、多部総理を最大の友人と言いながら、最近は一切アドバイスを聞こうとしない状態だ。正直、拉致なんかに興味を持っていない。だから、米国一辺倒の外務省や国家安全保障局に仁義を切っても、何もいいことはない」

そうそうと言って、瀬戸は付け加える。双眸（そうぼう）には鈍い光が灯（とも）っている。

「……奴らは何かにつけて、海外情報の入手ルートを聞いてくるようになった。逆に、国家安全保障局の矢口局長らに変な動きがあったら、必ず俺の耳に入れてくれ」

国家安全保障局とは、「国家安全保障に関する重要事項および重大緊急事態への対処を審議する」という目的で内閣に置かれている安全保障会議の事務局であり、総理直轄の外交・安全保障政策の司令塔。二〇一四年に発足した。

米国政府には、国防総省、国務省、CIA、FBIなどを統括し、国家が直面する安全保障の重要問題を協議する機関として、ホワイトハウス（大統領府）内に国家安全保障会議（NSC）が設置されている。NSCは、米国大統領直轄の最高軍事諮問会議であり、国防総省や国務省よりも上位に位置している。

であるなら、日本にも同じものを作れば、米国政府の最高軍事秘密情報も、米NSCのカウンターパートとして入手することが可能になる。つまり、国防総省から防衛省に流れていた軍事情報を、内閣が直接入手できるようになるとして設置されたのが、国家安全保障局である。

もともと多部総理は、外相を務めた父の代から外務省寄りだった。従来、「情報」に関して警察庁や防衛省・自衛隊の制服組の後塵を拝してきた外務省は、国家安全保障局長のポストを得ることで、外交・安全保障で主導権を握ることに成功したのだ。初代局長は、米国とのパイプも太く、多部総理の信任が厚い、矢口林太郎・元外務事務次官。現在も、その任に就いている。

しかし最近は、工藤のほうが多部総理と会っている回数や時間が多いと新聞等で報道されており、矢口局長は内心、穏やかではなかった。

一方、自衛隊は、「軍事音痴」の外務省に主導権を握られるのには抵抗があったが、政府関係ポストのほとんどに防衛省事務官（私服組）しか配置されてこなかった歴史があるため、自衛隊の制服組が政権の中枢近くに数多く入ることができたという理由で、国家安全保障局の存在については肯定的だ。制服組幹部も、少し安堵していた。

しかし、重責をまったく認識していない勘違い女性大臣に振り回された挙げ句、南スーダン日報問題では、私服組のキーパーソンは外務省と結託して、逃げを打った。そうして海外赴任でお茶を濁し、結局は制服組が泥を被った。不満が蓄積するのは当たり前だ。

警察庁はというと、内調との調整が必要だとの理由で、情報班長のポストをかろうじて押さえた。とはいえ、国家安全保障局の主要ポストを外務省と防衛省に独占され、不満が高まった。

瀬戸官房副長官も、つねづね「本来、海外に関する情報も、内閣情報調査室で一元的に収集分析すればいい。インテリジェンス機能のない外務省になど任せていられない」と言っていた。高度な諜報システムの存在を公にはしにくいこともあり、地道に情報を蓄積していかなければならないからだ。

矢口安全保障局長は、外務省が一元的に握るべき海外情報を、国家安全保障局の発足を機に同局のものとすべく、その一元化を図ろうとしていた。しかし、警察関係者がなかなか言うことを聞かない。そのため矢口はイライラしていたのだ。

ちなみに自衛官は、相変わらず制服同士ということで警察にシンパシーを感じてくれているが、防衛省全体としては、まずは外務省と組んで、国家安全保障局で確固たる地位を築くことを優先していた。

まさに瀬戸と工藤が話しているころ、矢口局長は、国家安全保障局が入る内閣府庁舎別館の廊下で、審議官の斉藤肇(さいとうはじめ)に声を掛けていた。

「たまには夕飯でもご一緒しませんか?」

斉藤審議官は海上自衛隊からの出向者で、階級は海将補。同期では最初に(いわゆる一選抜で)海将になるだろうと言われ、将来の海上幕僚長の最有力候補である。斉藤は米国留学を経験し、また二〇〇三年、彼がまだ三八歳で二等海佐(中佐)のとき、米中央軍のリエゾンオフィサー(連絡調整官)として、イラク戦争開戦時の情報収集に当たった。その情報収集の手腕には、矢口も一目置いていた。

その晩、二人は、ザ・キャピトルホテル東急のレストラン「オリガミ」の、総理官邸側に位置する個室にいた。矢口は、店員がお茶やおしぼりを置き、注文を確認して立ち去ると、やおら切り出す。

「単刀直入に申し上げます。最近、警察関係者が、国内情報だけでなく、海外に関する情報を仕切ろうとしている節（ふし）があります。もちろん国防関係情報も含まれていますが、そう感じたことはありませんか？」

警察関係にも知己（ちき）の多い斉藤は、慎重に答えた。

「警察出身の瀬戸官房副長官、工藤内閣情報官らが、ということですね？」

矢口が頷く。

「そうです。実は、米国から連絡がありました。先月、日本の政府関係者が、ベトナムで北朝鮮の高官と会ったのではないか、というのです。そして、事実とすれば事前に何の連絡もないのはなぜか、と詰め寄られたのです」

矢口は渋い表情で続ける。

「米国は、相当に怒っています。そして実は、その人物が、工藤情報官だったらしいのです。それだけではなく、彼は国内外で、各国大使館の重要人物とも接触しているようなのです。表向きは拉致対策ですが、米国との関係では、北の情報は、すべて軍事情報と一体不可分と考えるべきでしょう」

矢口局長としては、自衛隊制服組の実力者、斉藤審議官の協力を、どうしても得たい。だから力説する。

「以前より、警察の別動隊が総理官邸周辺で様々な働きをしている、という噂があります。霞が関や永田町で何か起きると、裏でその別動隊が動いて、それなりのランディングをさせているらしい。しかし、行き過ぎると危険です。我が国家安全保障局、あるいは防衛省・自衛隊などの領域まで踏み込んでくるのは許せませんし、国家の宿痾（しゅくあ）になるかと」

勘のいい斉藤審議官は、矢口局長の言わんとすることを敏感に察知した。

「その警察の別動隊が何でもかんでも仕切らないように、実態を把握して牽制したい、ということですね？」

そう言う斉藤審議官は、少し躊躇（ちゅうちょ）しているようにも見える。が、真剣な表情で続けた。

「……実は、内調の関係者が、北朝鮮がミサイルを発射した場合の我が国の防衛システムについて、個別の自衛官や出入り業者からヒアリングしているという噂を聞いたことがあります。もし本当なら、私もやり過ぎだと思っていました。場合によっては、特定秘密保護法の観点からも、問題なしとは言えません」

矢口は、我が意を得たり、という表情をしている。

「自衛隊には、尾行も得意な特別警察、警務隊がありますよね？　何とかカウンターを打つわけにはいきませんか？」

　斉藤が訂正する。

「いや、むしろそれなら情報保全隊ですかね。警務隊は、自衛隊内で起きる事件・事故を調べる隊内警察。『特定秘密』に関する防諜や秘密情報等を扱う隊員の適格性を調査したり、場合によっては隊員の家族やその周辺まで調べたりする能力を有する情報保全隊のほうが適任でしょう」

　情報保全隊は、その任務の特殊性から組織については公表されていないこともあり、一般にはなじみが薄い。もともと陸海空自衛隊に分かれて存在した防諜体制が統合幕僚監部による統合運用体制になり、二〇〇九年に新設された、防衛大臣直轄の常設統合部隊（隊指令は陸将補）である。我が国の防諜体制の不備を指摘する米国の信頼を得て、国防上、不測の事態を招かないようにするための部隊だ。

　民生党政権では、保守系の講演会を監視させるなどしたり、公安警察同様、情報保全隊が市民活動を監視しているのではないかと運用上の問題を指摘されたことがある。しかし、世界標準からすると、当然の部隊である。

　海将補である斉藤審議官は、その情報保全隊の活用を提案したのであった。それを受けて矢口局長は斉藤の助言に従うしかない。

「瀬戸官房副長官や工藤情報官が内調スタッフ以外と集まったり、ＶＩＰと極秘に会ったりするのは、赤坂あたりの料理店らしいのですが……その別動隊の実態をつかみ、これ以上暴走しないようにしていかないと……」

斉藤審議官は、覚悟を決めた。声のトーンを落として言う。

「尾行の得意な隊員をピックアップしておきます。体制の問題もあり、情報官らの行動を毎日、確認するわけにもいかず、動きがありそうなときに絞らないといけません。そこで、何か情報が入ったら教えていただけませんか？」

――その一週間後、矢口局長は、斉藤審議官のデスクの電話を鳴らした。

「今日、韓国大使と会って話をしましたら、明日、韓国から政府高官が非公式に来日して、政府関係者と会食するらしいのです。しかし外務省に聞いてみたが、心当たりはないと言う……そこで工藤情報官に、たまには飯でもいかがですかと電話して明日を提案したら、先約があるとのこと。もしかしたら……」

斉藤審議官は海将補の顔になり、「準備させます」と言った。

翌日の午後六時過ぎ、斉藤が手配した情報保全隊の隊員、島上幸夫（しまがみゆきお）と広田浩介（ひろたこうすけ）は、麻布十番の三田（みた）共用会議所の近くで待機していた。

「元警察官僚を尾行するなんて、無茶ぶりだよなあ……」

島上がぼやいたが、生真面目な広田はやる気まんまんである。

「どんな地位にある人でも、国防上問題ある人物なら、監視する必要はあるんじゃないか？　それに、まさか尾行されているとは思わない人間を尾行するのは、それほど難しいことではない」

工藤情報官は、四〇歳過ぎぐらいに見える男性と、三田共用会議所から出てきた。工藤の部下だろうか、恐らく内調の参事官か何かだろう。島上らは、工藤の顔だけ確認して、部下の顔写真を確認していなかったことを後悔し、顔を見合わせた。

工藤情報官がタクシーに乗るのを確認すると、二人は同僚が運転する車両で追う。坂を下りていったタクシーは、二の橋交差点を右折して、麻布十番駅を通過し、坂を上がっていった。飯倉片町（いいぐらかたまち）交差点も抜ける。

「やはり、赤坂か？」と、島上がつぶやく。

工藤情報官が乗ったタクシーは溜池まで行くと思われたが、飯倉（いいくら）ランプの少し先を左折した。そうして六本木通りを渡り、右側に見えるガソリンスタンドを通過、氷川（ひかわ）神社の手前を左折して進んだ。勝海舟（かつかいしゅう）邸跡を右手に見て左折、しばらく走ったところで停まった。

工藤情報官ほか一名がタクシーを降りる。島上と広田は、彼らを追い越したところで車を停めてもらい、リアウィンドウから工藤らの様子を見守った。二人は赤坂通りに向かうかと思われたが、手前の道を向かって右側に入っていこうとしている。

島上と広田も車を降りる。二〇メートルほど距離をあけて追った。すると、工藤情報官の携帯が鳴ったらしい。電話に出て、一言二言話すと、すぐに脇の道に入っていった。

まさか尾行が付いているとは露ほども思わない二人は、振り返ることもなく路地に入っていく。そして、ある高級そうな白いビルのエントランスに入り、インターフォンを押した。

両隊員もプロだ。すぐには追わず、微妙な時間を置いてから、工藤情報官らを追った。

エントランスには、この種のマンションにありがちな「部外者立ち入り禁止」の表示があった。二人は「どうする?」というように視線を交わしたが、ちょうど住民らしい人物が出てきたので、頭を下げながら擦れ違った。オートロックのドアのなかに入る。エレベータの一つは三階で止まっていた。先ほどの住民が乗ってきたのであろう隣のエレベータに乗って三階まで行く。

思ったより奥に長い廊下沿いに部屋がいくつも並んでいたが、工藤らがどこに入ったかは分からない。マンションの一室で営む会員制料理店があるとは聞いていたが、困った二人は、他の人間が来るのを非常階段で待つことにした。

五分くらい経っただろうか、やたらと長く感じる時間が過ぎたころ、エレベータのドアが開く音がした。会食のメンバーか？　違った。制服の警察官が二人立っていたのだ。

島上と広田は、かつてない恐怖を感じ、身を硬くした。訓練でも、こんな緊張感を感じたことはない。二人は顔を見合わせる。そして、祈った。しかし、二人の制服警察官は、迷うことなく、真っ直ぐ二人のところに来た。

固まるしかない両隊員……自衛隊に入隊して以来、初めての職務質問を受けることになったのだ。

しかし、「部外者立ち入り禁止」のマンションに入り込んだ理由を話すわけにはいかない。抵抗することなく、近くの赤坂五丁目交番に連れていかれた。

(28)

そのころ工藤情報官は、今夏に内調に移動してきたばかりの石丸前警視庁広報課長と、中華居酒屋で軽く一杯やっていた。

「二人には悪いことをしたな」という工藤の言葉を受け、石丸が言う。

「本当に尾いていたんですね」

複雑な表情を浮かべながら、工藤が返す。

「最近、矢口局長の私を見る目が変だった。瀬戸さんも、海外関係の情報について根掘り葉掘り聞く局長に、引っ掛かるものを感じていたらしい。そんななか、瀬戸さんが極秘で韓国要人に会う、まさにその日を指定して、矢口さんが俺に、飯でもどうだなんて聞いてきた。ピンと来ないほうがおかしいだろ？　念のためにトラップを用意しておいて良かったよ」

そう言って、ビールを一気に飲み干す。しかし、納得はいっていない様子だ。

「もっとも、陣内さんから二人尾いていますと電話があったときは、正直、信じたくなかったがな」

工藤の心中を思いつつ、石丸は苦笑する。

「でも、我々を尾行するなんて、どうかしてますよ。まあ、彼ら自身がさらに尾行されてるなんて、露ほども思わなかったでしょうけどね」

二人はこの日の珍しいオペレーションを思い出していた。

三田共用会議所での省庁連絡会議を終え、タクシーで赤坂に向かった。そのタクシーを尾行者二名が追い、かつ、その二台をＮＣリサーチの調査員二名が追った。工藤情報官らはエイワンのメンバーで集まる料理店が入ったマンションに向かっていたのだが、タクシーを降りて少しすると、ＮＣリサーチの陣内から「お二人を尾行している人間がいます」との電話があったのだ。

工藤らは、料理店が入っているマンションではなく、その近くの協力者が住むマンションに行き先を変更した。インターフォン越しに事情を説明し、オートロックのドアを開けてもらう。しかしエレベータの三階を押しながらも乗らず、奥の非常口から外に出た。その後、尾行者二名がマンションに入るのを確認したNCリサーチの調査員が、「住民でない不審者がマンションに潜んでいる」と、警察に通報したのだ。

石丸が何気なく聞く。

「それにしても、偶然、ドアが開かなかったら、彼らはなかに入れなかったんですよね？」

工藤は噴き出した。

「それは知り合いのお陰だ。具体的に言うと、瀬戸さん行きつけの隠れ家、会員制料理店の女将が、外出する住民を装って開けたんだよ」

「ああ」と石丸は絶句する。協力者とは、矢部茜だったのだ。

しかし落ち着いてみると、まだ石丸には疑問が残っている。

「でも、彼らは何者なのでしょう？　狙いは何なのでしょうか？」

そのとき工藤情報官の携帯が鳴った。

「赤坂署長の風間です。少々おかしな事態が発生しているようです。人定（人物を特定する情報）は取りました。なんと、自衛官だったのです。なかなか吐かなかったのですが、情報保全隊所属だそうです。どういたしましょうか？」

工藤は深く頷いてから答える。

「了解しました。しかし、なんと情報保全隊でしたか。お手数をお掛けして申し訳ございません。説諭で帰してもらって結構です。明日、上司には厳重注意しておきますので」

それを聞いていた石丸が叫ぶ。

「じ、自衛官だったんですか？　で、もうパイされたんですね？」

「パイ」とは、釈放を意味する。工藤は頷いた。そして、「たまには澤村も呼んで、飲もうか」と笑いかける。石丸も哄笑（こうしょう）した。

「澤村、ね。いまごろ上司の私がいないのをいいことに、羽を伸ばしてるんじゃないですか？」

工藤も上機嫌に言う。

「瀬戸官房副長官の秘蔵っ子に対して、そんなこと言っちゃいけない。ずいぶん頑張ってるじゃないか」

石丸は慌てて手を振る。

「いえいえ、せっかくリラックスして仕事してるとこを呼び出したら可哀そうだ、という意味です」

工藤はまだ、意味深な笑みを浮かべている。

「国内の情報は俺のところに集約されるはずなんだが、あいつがどんな奴と付き合っているか、その情報がない。警察対策を画策している団体等の女性に取り込まれないようにしないとね。お互いに忙しくてなかなか聞けていないが、女がいるのは確かだから、いまから呼び出して確かめよう」


新しく上司になった石丸参事官に飲まないかと誘われ、いきなり断るわけにもいかない。澤村は急いで机を片づけて、赤坂に向かった。

中華居酒屋に着いてみると、なんと工藤情報官が一緒だった。嫌な予感がしたが、その予感が見事、的中する。澤村がビールを頼むや否(いな)や、記者たちに「官邸のアイヒマン」と呼ばれている工藤の尋問(じんもん)が始まったのだ。

「付き合っている女性がいるらしいな」

「ええ、まあ」

「歳はいくつだ?」

「二つ下です」

「何やってる女性？」

「ええ、まあ、そのうちにご報告させていただきます」

澤村は、さらなる追及を覚悟したが、どういうわけか、工藤はそれ以上、聞いてこなかった。実は、陣内から情報が入っていたのだ。

総理夫人と西麻布で飲んだ際、澤村に声を掛けてきた女性がいたこと、その後、密かにその女性を尾行したところ、大手町の中央新聞社にＩＤカードで入っていくのが確認できたこと……それらの報告を受け、工藤は、「目当ては総理夫人だろう、それほど警戒しなくても良さそうだ」と指示していた。

しかし、まさかその後二人が付き合いだしていたとは知らなかった。職業を言わないところをみると、相手はその女性記者に間違いない。が、とりあえず、一安心である。

そう言えば、澤村がたまにもたらす記者からの情報というのも、ネタ元が彼女だとすると、得心がいく。今後も利用できるかもしれない。

場合によっては、今後、その記者を調査する必要が出てくるかもしれない。しかし現在のところ、その必要はない。

工藤が急に追及を止めたため、澤村は少々拍子抜けした。しかし、まさか既に奥田麗の職業が把握されているとは露ほども思わず、ただホッとしていた。先輩二人との酒はそれなりに楽しかった。

翌日、官房副長官の瀬戸弘和は、国家安全保障局長の矢口林太郎を自室に呼んだ。朝一番で内閣情報官の工藤茂雄から報告された内容を伝えた。

「貴職がからんでいるとは思いませんが、念のためにお伝えしておきます。赤坂署には、我々が責任を持って注意するので事件にする必要も、自衛隊に連絡する必要もないと伝えてあります。大事になることはないと思いますし、もちろんマスコミに抜けることもない。斉藤審議官にもお伝えください。いずれにせよ、お互いに国のために頑張りましょう」

紳士として有名な矢口も、さすがに苦虫をかみ潰したような顔で聞いていた。釈放された隊員から話を聞いた斉藤審議官から、昨晩の事件については既に報告を受けていたのだが。

矢口は、改めて警察力の怖さを思い知った——。

尾行され、秘密基地を探知されそうになった工藤らであったが、鋭敏な感覚でその危機を回避した。それどころか、国家安全保障局に貸しを作ることができた。このことによって、国内外を問わず各種情報は工藤情報官のもとに集まるようになる。官邸ポリスは完成目前となった。

第12章　野党にリークする外務省

(29)

二〇一八年九月、総裁選は多部敬三総理の勝利で終わった。しかし、これでエイワンの仕事が完了したわけではない。二〇二〇年の東京オリンピックに向けて、官邸ポリスを完成させ、盤石のものにしていくのだ。

澤村有は、総裁選に関しては、根回しの手伝いをしただけだった。しかし、ここに至るまでの貢献に対し、瀬戸官房副長官から直々に労いの言葉をもらい、充実感に浸っていた。

そのとき、澤村の携帯が鳴った。奥田麗からの電話だった。

「元気？　実は、立憲民生党の幹部が、凄いネタがあるからちょっと寄ってくれっていうの。午後六時三〇分に呼ばれてるから、待ち合わせには、少し遅れるわ。ごめんなさい」

麻布十番のイタリアンレストランでのデートは午後七時からの予定だった。最低でも三〇分は遅れると見て、澤村は予約時間を変更した。

ところで立憲民生党と言えば、国賊の代表格たる戸田裕紀が代表を務めている。東日本大震災のときに日本を裏切ろうとした元官房長官だ。

二〇一七年一〇月の衆議院選挙前——民生党が期待の党との合流によって事実上の解党となる一方、期待の党が左派を公認せず排除する方針を明らかにしたため、戸田は離党した。そして一〇月三日に自らが代表となって結党したのが立憲民生党だ。共産党の協力を得るために、民生党から移籍しようとする議員に対しては、踏み絵として共産党機関紙「赤旗」の購入を迫ったという。虫唾（むしず）が走る話だ。

「そんなおぞましい党の幹部が麗を呼んで、何を話すのだろう？」

澤村は少し不吉な予感がした。

ところが午後七時三〇分に澤村が店に着くと、既に奥田が待っていた。いつもにこやかな店員が近付いてきて、注文をとる。

「とりあえず、スプマンテをグラスで二つ」と澤村。奥田はカルパッチョをアンティパストに頼んだ。

「……ところで、立憲民生党のすごいネタとやらは、何だったの？」

澤村は待ちきれずに聞いた。しかし奥田からは、少々気のない返事が返ってきた。

「ああ、その話ね。なんか、ちょっと不思議な話だった。凄いネタって言うから何かと思ったら、ネタっていうほどの代物（しろもの）ではなく、噂のレベル。警察庁長官に隠し子がいるらしい、外国に住んでいるみたいだが、情報はないかって聞いてきたの」

「えっ？」澤村は思わず絶句した。その様子に慌てた奥田が、すぐに付け加えた。

「凄いネタって言うから駆けつけたのに、そんな噂の確認ですか？　そもそも私は政治部の記者ですって言ってやったのよ」

奥田麗が立憲民生党の幹部をやり込めている姿が目に浮かぶ。このバツイチの六〇代の幹部は、どうやら奥田に気があるようだ。大した用事もないのに、これまで何度も呼び出されているらしい。

セクハラにストーカー……政治家もキャリア官僚も、どれだけ暇なヤツらなのだろう。昼夜を問わず、骨身を惜しまず、日本国のために働く官邸ポリスのメンバーの顔が脳裏をよぎった。

そんな澤村の心の動きも知らず、奥田が続ける。

「そうしたらね、外務省筋からの話だとか言うの。そして長官の相手は、実は反社会的勢力の関係者だとか。正直、ぜんぜん興味がなかったんだけど、今後の関係もあるので、まったくの初耳ですが、それとなく探ってみますね、とだけ答えておいたわ」

澤村は動転している。先日の情報保全隊による工藤情報官らへの尾行は失敗した。証拠を突き付けられた外務省や国家安全保障局が我々に攻撃を仕掛けてくることは、当面ないはずだった。

本当に外務省が仕掛けてきたのか？　その隠し子が在住しているのが外国なら、我々の知らない情報を持っている可能性もあるのだろうか？　しかし、そんな情報を野党に流すなど国賊ではないか？　いや、もしかしたら私怨なのか？

様々な思いが頭のなかを駆け巡る。澤村は無言になってしまった。

そんな澤村の様子を見て、奥田が心配そうに語りかける。

「でも、まさか、そんなことないわよね？」

澤村は我に返った。そして即答する。

「絶対に、あり得ない」

しかし、この情報が真実であろうがなかろうが、瀬戸官房副長官や工藤情報官の耳には一刻も早く入れなければならない。さっそく行動に移した。「ちょっとトイレに行ってくる」と言い残して、テーブルにスマホを置いたまま、店の奥のトイレに向かう。

スプマンテを一口すする奥田。すると、テーブル上の澤村のスマホが震えた。液晶画面には、「警察庁・田中」と表示されている。しばらくすると、切れた。

実は澤村は、電話を掛ける口実を作るため、トイレで別の携帯から自分のスマホに掛けたのだ。しばらくして澤村がハンカチを手に戻ると、澤村のスマホを指さしながら奥田が言う。

「スマホ、鳴ってたわよ」

「そうか、ありがとう」と言いながらスマホを見る澤村。「こんな時間に何だろう、国会もやってないのに」と言いながら、奥田を見返す。

「ごめん、ちょっと外で電話してくるね」

ばれなかったはずだ。澤村は店の外に出ると、すぐに工藤情報官の携帯を鳴らした。スリーコールするかしないかのうちに、工藤が出る。

「こんな時間にどうした？　何かあったか？」

いつものように、工藤はせっかちだ。澤村が答える。

「知り合いから変な話を聞いたので、一応お耳に入れておこうかと思いまして……」

「ん？　どんな話だ？」

「はい、警察庁長官に隠し子がいる、という話です」

「何？　いったい、どこからの話だ？」

「政治部の記者からですが、外務省から野党に流れたようです」

「で、どの程度詳しい情報だった？」

「いや、まだ詳しい情報は得てないようで、野党議員も半信半疑……だから記者に当てたという感じです」

「そうか……ところで、いま君はどこにいる？」と聞く工藤に対し、澤村は即答する。

「実は、その知り合いと食事をしておりまして」

「ああ、例の彼女か？　なら、怪しまれないように、そのままデートを続けろ。で、もし可能なら、もう少し情報を取ってみてくれ。そして、明日、朝一で資料室に来てくれ。頼んだぞ！」

やはり澤村の女は使える――工藤はニヤリと笑った。

澤村はスマホを切り、店内に戻る。奥田が心配そうに聞いてくる。

「戻んなきゃいけないの？　警察庁からなんでしょ？　ごめん、名前が見えちゃった」

「いや、そもそも俺は、いまは内閣府の人間だよ。長官から下りてきた宿題について、同期が助けを求めてきたんだ。明日にでも寄ってくれないか、とね」

奥田が笑顔を見せる。自然な流れにできて良かったと澤村は思うが、こんなに人が良くて記者が務まるのかと、奥田のことが心配にもなる。

が、邪念を振り払って、ちょっとした賭けに出た。

「……そう言えば、さっきの長官の話。あの人、悪い人じゃないんだけど、ちょっと変わり者というか、気まぐれで困るんだ。俺みたいな下の人間を、結構、振り回す。さっきの話じゃないけど、周囲の女性も振り回したのかもしれない。もしそうだったら、それをネタに長官を黙らせてやろうかな？」

おどけて見せる澤村の目は、しかし笑っていなかった。が、奥田はそれには気づいていない。

「そうだね、有を振り回すのなら、私の敵でもあるから、調べてみるね」

工藤とは別に、澤村も自分の恋人の有用性を実感した。もちろん感謝もしていたが。

(30)

翌朝、澤村は内閣府の六階奥の資料室に向かい、セキュリティシステムをクリアして、なかに入った。そこには、珍しく瀬戸官房副長官もいた。

これほどの状況でも、瀬戸は優しげな表情を見せている。

「お疲れさん。迅速（じんそく）な情報伝達、ありがとう。で、追加情報はあるか？」

澤村は少し緊張しながら言う。

「いえ、立憲民生党の幹部も、大ネタと言いながら半信半疑です。ゆえに記者から裏を取ろうとしたようです」

瀬戸が工藤をちらりと見る。

「そうか、それならいいが……実は、俺も工藤も、その噂は聞いていたんだ。子供が相当大きいなら、ある意味時効だし、海外にいるならなおさら、放っておいてもいいか、と思っていた。だが、悪い筋の関係者がいるとなると、やっぱり放ってはおけない。野党は、何でも総理の任命責任とか言うからな」

そこまで言って瀬戸は床を見つめた。何か考えを巡らしているようだ。代わりに工藤が口を開いた。

「でも、下手に確認したりすると、むしろ話を広めることになりますしね。どう動きましょうか？」

瀬戸は二人を交互に見た。そして、きっぱりとした口調で言う。

「二人とも、他の人間には言わなくていい。工藤は内調で、澤村は個人的に、何か新たな情報が入ったら知らせてくれ。週刊誌から取材が入ったとか、かなり具体的な噂が流れたとか」

工藤が直截に聞く。

「で、どうされるんですか？」

瀬戸は一言、吐き捨てる。

「辞めさせればいい」

ばらすぞ、と脅迫された場合の対処法は、自分から暴露するのが一番だと、澤村は聞いたことがある。そうすれば、相手は脅迫のネタを失うからだ。が、それはあくまで自分が脅迫された場合の身の処し方である。

いまの瀬戸官房副長官の発言は少々違う。問題が大きくなりそうになったら、警察庁長官に切腹さえ認めず、内閣人事局長として、瀬戸がさっさと首を切る、というのだ。

瀬戸の冷徹な判断に、さすがの澤村もゾッとした。しかし、この冷徹さが多部政権を支えている。そんな官邸ポリスの一翼を曲がりなりにも担っている自分を、澤村は誇らしく思った。


二〇一八年一二月初旬、澤村は、急遽(きゅうきょ)、ヨルダンの首都アンマンに派遣されることになった。ヨルダンは、アブドラ国王のもと、政情は比較的安定しており、中東のなかでは治安がいい。そのためか、日本企業の多くも中東での拠点を置いている。

澤村が派遣されることになったのは、国際テロ情報収集ユニットの現地拠点。二〇一八年秋、シリアで反政府組織に拘束されていたフリージャーナリストの救出で活躍した同ユニットの、一線での活動を学ぶためだ。

国際テロ情報収集ユニットは、警察庁、外務省、防衛省、内閣情報調査室などから集められた人員から成り、形式的には外務省内に設置されている。メンバーは約九〇人で、フリージャーナリストの救出に当たっては、トルコやカタールの情報機関と緊密に連携し、反政府組織と交渉してもらった。この救出作戦には約六億円の経費がかかったが、国際テロ情報収集ユニットが動いたからこその成功だった。

実は、澤村は、大阪府警の外事課長時代、ある案件で中東に出張したことがある。その際、日本外交にとって、彼の地がいかに重要であるかを痛感した。そのため密かにアラビア語の勉強をしていたのだが、こんなに早く使うことになるとは思っていなかった。

ヨルダンは比較的安全な地であるとはいえ、周囲を紛争地帯に囲まれているため、物見遊山で気軽に行ける場所ではない。澤村は、二等書記官相当の外交官として、茶色の外交旅券を手渡された。留学時の公用旅券が緑色だったことを思い出しながら、その重責を感じた。

アンマンにはＣＩＡの現地事務所もある。国際テロ情報収集ユニットのメンバーでも、ポリスアタッシェ（警察から出向している書記官や警備官）たる澤村でないと、ＣＩＡとの情報交換は困難だ。

また中東では、一般的に、反体制勢力を抑えるために秘密警察が発達しているが、ヨルダンも例外ではない。国王自らドライバーに変装して市井の人々の話を聞きに行っていると言われるくらいだ。国内の部族や周囲から流れ込んできた政治指導者などの動向も注視している。

秘密警察は、当然、外国人のことも監視しており、怖い存在のようにも見えるが、一方で、資金を援助してくれている日本など友好国の政府関係者の安全を見守る役割も果たしている。

ＣＩＡにしても秘密警察にしても、現場レベルではなかなかその正体を現さない。が、それら組織の幹部との交流は、将来、官邸ポリスの幹部となる澤村に、貴重な示唆（しさ）を与えるに違いない――。

著者略歴
幕 蓮（まく・れん）
東京大学法学部卒業。
警察庁入庁。
その後、退職。

官邸ポリス 総理を支配する闇の集団

二〇一八年一二月一〇日 第一刷発行

著者――幕 蓮
カバー写真――乾 晋也
装幀――鈴木成一デザイン室

発行者――渡瀬昌彦 **発行所**――株式会社講談社
東京都文京区音羽二丁目一二―二一 郵便番号一一二―八〇〇一
電話 編集〇三―五三九五―三五二二 販売〇三―五三九五―四四一五 業務〇三―五三九五―三六一五

落丁本・乱丁本は購入書店名を明記のうえ、小社業務あてにお送りください。送料小社負担にてお取り替えいたします。
なお、この本の内容についてのお問い合わせは、第一事業局企画部あてにお願いいたします。

印刷所――慶昌堂印刷株式会社 **製本所**――大口製本印刷株式会社

ISBN978-4-06-513631-7
定価はカバーに表示してあります。